Naomi Fontaine

DIE KLEINE SCHULE DER GROSSEN HOFFNUNG

Naomi Fontaine

DIE KLEINE SCHULE DER GROSSEN HOFFNUNG

Roman

Aus dem Französischen
von Sonja Finck

C. Bertelsmann

Die Originalausgabe erschien 2017 unter dem Titel
Manikanetish, Petite Marguerite bei Mémoire d'encrier, Montréal.

*Der C. Bertelsmann Verlag dankt dem Canada Council for the Arts
für die finanzielle Unterstützung von Übersetzung und Produktion.
We acknowledge the support of the Canada Council for the Arts.
Nous remercions le Conseil des arts du Canada de son soutien.*

Canada Council for the Arts   Conseil des arts du Canada

MIX
Papier aus verantwortungsvollen Quellen
FSC® C014889
FSC www.fsc.org

Klimaneutral*
Druckprodukt
ClimatePartner.com/14044-1912-1001

Penguin Random House Verlagsgruppe FSC® N001967

2. Auflage

Umschlaggestaltung: www.buerosued.de, München
Satz: GGP Media GmbH, Pößneck
Druck und Bindung: Friedrich Pustet, Regensburg
Printed in Germany
ISBN: 978-3-570-10382-1

www.cbertelsmann.de

*Dieses Buch ist meinen Schülerinnen und Schülern gewidmet,
in Freundschaft und Dankbarkeit, tshinashkumitinau.*

Katshi minumamitunenitaman kie tiapuetatishuian e innu-ishkueuian tshetshi mashinaitsheian, eukuan nitishi-nishtuteti: kassinu auen ka itenitak tshekuannu tshetshi tutak tshika takuannu tshetshi ut animiut muk eiapit apu nita tshikut ui patshitenimut. Uemut eiapit nanitam peikutau tshikaui ishimamitunenitam kie apu tshikut takuannit tshekuannu tshetshi ui nanikanikut. Kie nete tshek tshika peikussu, apu tshikut tant uitsheuakan. Eiapit namienu nenu tsheut patshitenimut. Uemut eiapit anu tshikaui tutam nenu thekuannu ka itenitak tshetshi tutak.

Nach langem Nachdenken und nachdem ich, eine Indianerin, endgültig die Entscheidung getroffen hatte, mit dem Schreiben zu beginnen, begriff ich eins: Jeder Mensch, der etwas vollbringen will, stößt auf Hindernisse, aber man darf nie aufgeben. Man muss seine Idee weiterverfolgen. Nichts kann einen davon abbringen, bis zu dem Tag, an dem man allein dasteht. Aber selbst wenn man keine Freunde mehr hat, darf man nicht aufgeben. Dann ist es wichtiger denn je, das Ziel, das man sich gesetzt hat, zu erreichen.

An-Antane Kapesh, 1975

Rückkehr ist Schicksal. Eine Rückkehr in das kleine Dorf und die sandige, stachelige Natur, zusammengeträumt anhand von unveränderlichen Kindheitserinnerungen.

In meiner Straße am Saum der Bucht ging ich in der Menge unter. Ich, das stille kleine Mädchen. Als Baby weinte ich so selten, dass meine Mutter mich anstieß, um sich zu vergewissern, dass ich noch atme. Als Kind weinte ich so selten, dass meine Mutter mich einmal draußen auf den Stufen vergaß. Später ließ mich die sonderbare Gerechtigkeit des Lebens jede einzelne Träne nachholen.

Mein beiges Haus zu verlassen, bedeutete, alles zu verlassen. Auch wenn »alles« nicht viel ist, weil man fast nichts hat. Ein weißes Metallbett, eine gemusterte Wolldecke. Ein Puppenhaus, ein Spielzimmer mit blauem Betonboden im Keller. Den ganzen Winter über rote Wangen von der Kälte, im Sommer braun gebrannt wie die Kinder im Süden. Vielleicht werde ich irgendwann ans Ufer dieser Bucht zurückkehren, meine Tante umarmen, in meinem alten Zimmer spielen.

Das Exil ist acht Autostunden entfernt, und es hat weiße Haut. Meine Mutter brauchte zwei Tage für die Strecke, für die unfassbare Entfernung, die ich mir nur vorstellen konnte, indem ich die Dörfer zählte, die wir durchquerten. Heute kenne ich sie in- und auswendig. Jeden Kilometer, jeden Ort. Dem Rhythmus der Kurven und Steigungen am Nordufer des Sankt-Lorenz-Stroms folgen. Immer knapp über dem Tempolimit.

Ich war sieben Jahre alt. Ein kleines braunes Mädchen zwischen all den weißen Gesichtern, den blauen oder grünen

Augen, dem blonden oder gelockten Haar. Eine Fremde. Die Neue. Anders. Meine dunkle Haut bemerken. Mich nicht dazugehörig fühlen.

Ob sich die Welt woanders verändert hat, weiß ich nicht. Aber ich weiß um die gefährliche Kurve bei Saint-Siméon, die viel zu spät begradigt wurde. Ich weiß, dass es zwischen Baie-Sainte-Catherine und Tadoussac nie eine Brücke geben wird, weil das Flussbett des Saguenay an dieser Stelle so tief ist wie das Meer. Und ich weiß, dass das kleine Dorf, dessen Namen mir entfallen ist, bald ein Geisterdorf sein wird, weil die Route 138 seit dem Bau der Umgehungsstraße nicht mehr hindurchführt.

Man sagt, die Rückkehr sei der Weg der Exilanten. Wegzugehen war nicht meine Entscheidung gewesen. Fünfzehn Jahre später komme ich zurück und stelle fest, dass sich die Dinge verändert haben.

DAS UNBEKANNTE

Die Schüler

Ich hatte sie mir oft vorgestellt. Unzählige Male. Noch bevor ich ihre Namen, ihre Familien, ihre Geschichte kannte. Noch bevor ich ihre Sehnsüchte kannte. Gut zwanzig Jugendliche, alle unterschiedlich, Jungen und Mädchen, schüchtern, witzig. Werdende Erwachsene. Eine Generation Kinder, verbunden durch ruhige Straßen ohne Ampeln. Nächtliches Händchenhalten am Strand. Nostalgie.

Ich sah die Wände meines Klassenzimmers vor mir, dunkelgelb gestrichen, und den wuchtigen alten Holzschreibtisch, an den ich mich lehnen würde. Die billigen weißen Regale, auf denen sich französische Wörterbücher, Konjugationstabellen und nutzlose Synonymlexika stapeln würden, die die Schulbehörde lange Zeit für unentbehrlich hielt.

Ich stellte mir vor, wie ich die nackten Wände schmücken würde. Mit Fragmenten der Literaturgeschichte, mit Zitaten aus Romanen, Fotos von Schriftstellern, Postern von berühmten Gemälden. Mit Werken, die in fremden Köpfen entstanden waren und dabei helfen, seinen eigenen Weg zu finden. Ich würde mich auf keinen Fall darauf beschränken, französische Grammatik zu unterrichten, die vielen absurden Rechtschreibregeln und das Cedille, das das C weicher macht. Ich würde meinen Schülern von der Welt erzählen. Davon, wie man die Welt sehen kann. Wie man sie lieben kann. Und davon, wie man die unsichtbare, längst überholte Grenze überwinden kann, die um das Reservat verläuft, das wir selbst lieber als »Gemeinschaft« bezeichnen, um unsere Herzen zu besänftigen.

Nachdem ich den Arbeitsvertrag unterschrieben hatte, probte ich wochenlang meinen ersten Auftritt vor der Klasse.

Ich würde den Schülern mit fester Stimme von meinem Studium erzählen und davon, warum ich Lehrerin geworden war. Von meiner Rückkehr hierher, nach Uashat. Ich würde ihnen nicht erzählen, was ich alles aufgegeben hatte. Und auch nicht, dass ich fürchtete, hier bei mir zu Hause nicht anerkannt zu werden. Ich würde ihnen meine Zweifel verheimlichen, meine Unsicherheit als Berufsanfängerin, mein mangelndes Selbstvertrauen. Und ich würde nicht auf Innu zu ihnen sprechen. Weil ich Schwierigkeiten mit der Grammatik hatte und den Akzent einer Weißen.

Ich wollte einen guten ersten Eindruck hinterlassen, und obwohl ich den Schülern anfangs trotz meiner Hautfarbe und meiner dunklen Augen wie eine Fremde vorkommen musste, war ich fest entschlossen, ein freundschaftliches Verhältnis zu ihnen aufzubauen. Ich würde ihnen nicht nur Französisch beibringen. Sondern auch, wie man sich selbst findet.

Das war vorher. Bevor Marc nicht mehr zum Unterricht erschien. Bevor Myriam den Kopf hängen ließ. Bevor ich Mélinas verstecktes Talent entdeckte. Vor Rodrigos Rebellion. Vor Mikuans schüchternem Lächeln. Bevor mir der Boden unter den Füßen weggezogen wurde. Bevor es kein Zurück mehr gab.

Bevor ich mich selbst fand.

Er

Nicolas sah mir beim Weggehen zu. Als ich anfing, meine Kartons zu packen, beobachtete er mich wortlos. Ich wollte die Sache nicht in die Länge ziehen. Die Aussicht, den Sommer in Uashat am Meer zu verbringen, beruhigte mich. Hier lastete sein Blick schwer auf mir. So schwer wie die Kartons, die ich über die Route 138 transportieren würde, in meinem weißen Honda Civic, der nach einem Unfall auf verschneiter Straße völlig verbeult war. In unserer kleinen Wohnung war die räumliche Enge zu einer geistigen Enge geworden. Alltagstrott und ein perfekt vorgezeichneter Weg.

Nicolas sah mich an, und ich schwieg. Ich hatte Schuldgefühle, weil ich ihn verließ. Dabei hatte ich ihm schon im Winter erzählt, dass der Direktor der Sekundarschule von Uashat mir eine Stelle angeboten hatte. Nach meinem Bachelorabschluss befürchtete ich, hier in der Stadt nichts Vergleichbares zu finden. Ich hatte so viele Geschichten von Absolventinnen gehört, die in Luxusboutiquen an der Kasse standen, in denen sie sich nicht einmal ein Oberteil leisten konnten. Außerdem gefiel mir die Idee, in mein Dorf zurückzukehren. Dort arbeiten. Meinen Leuten etwas zurückgeben. Der Job entsprach genau meinen Vorstellungen.

Wenig später, immer noch im Winter, fuhr ich für ein paar Tage nach Uashat, um den Direktor zu treffen, und er versicherte mir, dass er ab Mitte August eine Vollzeitstelle für mich habe.

Dann überraschte uns der Frühling.

»Du willst, dass ich mitkomme? Wie stellst du dir das vor? Ich kann dir doch nicht überallhin folgen? Was soll ich in Uashat?«

Ich hatte mich bei einem von Nicolas' Konzerten in seinen Akzent vom Südufer des Sankt-Lorenz-Stroms verliebt. Er trat solo mit der Gitarre auf. Drei Jahre war das jetzt her. Schnell waren mir seine breiten Holzfällerschultern vertraut geworden. Die Karohemden, die er samstags trug. Seine starken Hände. Auf der Gitarre. Auf dem Griff seiner Motorsense, deren Klinge genauso schnell stumpf wurde wie unsere gemeinsamen Wochenenden in seiner kleinen, unaufgeräumten Mansardenwohnung. War er nicht genau mein Typ? Ein Künstler, der Worte liebte, der aber genauso gern in der Julihitze durch die Natur streifte. Fehlten nur noch der Vollbart und die buschigen Augenbrauen, dann hätte man ihn für einen seiner Vorfahren halten können. Aber in seinen blauen Augen lag eine große Zärtlichkeit, und auch wenn mir das in diesem Moment überhaupt nicht passte, war sein Blick gnadenlos offen. Er verbarg nichts. Nicht mal seinen Schmerz, seine Hilflosigkeit.

»Du könntest einen gut bezahlten Job in der Fortwirtschaft finden. Im Norden gibt es überall Wald. Wald, Wald, nichts als Wald.«

Seine Wut. Seine Vorwürfe, sein Flehen schlugen mich früher in die Flucht, als es nötig gewesen wäre. Wir stritten uns ständig, ich brachte immer wieder dieselben Argumente auf den Tisch. Als ich merkte, dass ich ihn nicht überreden konnte, prägte ich mir seine Antworten für später ein. Sie würden mir im Norden das Herz erwärmen.

Er hatte sich eine andere Zukunft für uns ausgemalt. Am Südufer des Sankt-Lorenz-Stroms. Glückliche Tage, ein Gemüsegarten. Ein weißes Haus auf einem weitläufigen Grundstück. Der Geruch der Felder im Juli, lauer Abendwind. Ahornsirup, der im Frühjahr eingekocht wird, aufgekratzte Kinder, die Holzstiele hineintauchen und den Sirup zu Lutschern drehen. Natürlich hätte es mir gefallen, auf einer

Holzveranda zu sitzen und alte Romane zu lesen, von der Welt abgeschnitten, friedlich. Natürlich hätten die Fichten dafür gesorgt, dass ich mich zu Hause fühle. Gedüngte Felder, das Gegenteil der Wildnis. Natürlich waren wir verliebt. Vielleicht hätte unsere Liebe uns getragen. Vielleicht wären wir sorglos miteinander alt geworden. Aber das war nicht mein Leben. Ich dachte, das könnte er verstehen.

An der Tür, in T-Shirt und Leggins, bequemen Klamotten für die achtstündige Fahrt, sah ich, wie er mich ansah. Ich war zu stolz, um zu weinen. Ich hatte mich für mich selbst entschieden. Aber jede Entscheidung ist gleichzeitig auch ein Verzicht. Ich hatte keine Lust, noch etwas zu sagen, die immer gleichen Worte zu wiederholen, mich in eine weitere Diskussion zu verstricken. Ich wollte zur Tür hinaus und atmen. Ich drehte mich um und ging.

Dann sein Satz, der mich trifft. Mitten ins Herz.

»Ich werde auf dich warten, okay.«

Manikanetish

Vor zwanzig Jahren war an der Hauptstraße des Reservats eine Schule gebaut worden. Auf der Brachfläche neben der Eislaufbahn und dem Baseballplatz. Das erste Gebäude aus Stein. Die Schule bekam den Namen *Manikanetish*, kleine Margerite, zum Gedenken an eine Frau, die wenige Jahre vor Baubeginn gestorben war. Die kleine Margerite hatte selbst nie ein Kind zur Welt gebracht, aber das hatte sie nicht davon abgehalten, Dutzende großzuziehen. Elternlose Kinder, welche, die man bei ihr abgeliefert hatte, weil es bei ihnen zu Hause schon zu viele Geschwister gab, schwierige Kinder, die, statt in die Obhut des Staats zu kommen, bei ihr Unterschlupf fanden. Sie war klein, mit einem mädchenhaften Körper. Doch ihr Herz war unendlich groß. Manchmal amüsiert sich der Schöpfer, indem er seinem Geschöpf widerspricht.

Der Direktor hatte beschlossen, vor der Schule Rasen säen zu lassen. Leider hatten die Männer, die ihn pflegen sollten, nicht die Spur eines grünen Daumens, selbst zu fünft nicht. Sie unterschieden nicht zwischen Gras und Unkraut, und so war das Areal im Sommer eine akkurat gemähte braune Fläche, und nur wenn der Löwenzahn blühte, färbte es sich für einen Monat grün.

Anfangs waren in dem Gebäude die Grundschule und die Sekundarschule untergebracht. Bis es aus allen Nähten platzte. Zwei weitere Schulen wurden gebaut. Auch sie füllten sich schnell. Jedes Jahr begrüßten die Lehrerinnen und Lehrer, einige Innu, hauptsächlich Weiße, sechs neue erste Klassen. Über hundert Erstklässler. Kinder, die sich auf Lesen, Rechnen und Sport freuten. Die meisten sprachen Französisch.

Sehr wenige konnten nur Innu. Manche hatten beide Sprachen gelernt. Ihre Muttersprache benutzten sie zur Begrüßung, um die Jahreszeiten zu benennen und um zu sagen, dass sie mal aufs Klo mussten.

Ich hatte mich für die Sekundarschule entschieden. Geduld, Ordnung, Konsequenz, Froschgeschichten, Buchstaben lernen, Lieder singen und dazu in die Hände klatschen, »Madame, der hat mir die Zunge rausgestreckt«, das alles war nichts für mich. Ich fühlte mich nicht imstande, mit diesen kleinen Menschen umzugehen.

Ich liebte Diskussionen, kreatives Schreiben, Allgemeinbildung, Korrigieren, Romaninterpretationen, Power-Point-Präsentationen und Fragen wie »Madame, haben Sie *Aliss* von Patrick Sénécal gelesen?«

In den ersten Wochen in Uashat hörte ich jede Menge Geschichten über diese Schule, die ich selbst nie besucht hatte. Nicht immer lustige. Zum Teil erschreckende. Schwer verständliche. Woher sollte ich wissen, was wahr und was nur ein Gerücht war? Ein Bekannter erzählte mir, er hätte im Unterricht immer mit beiden Händen unter dem Tisch Joints gedreht. Ein anderer, die älteren Schüler würden penetrant mit den jungen Lehrerinnen flirten und sich nicht abwimmeln lassen. Auf dem Schulhof gebe es ständig Prügeleien. Mädchen und Jungs würden aufeinander losgehen, wegen Eifersüchteleien oder weil jemand sie als Schlampe beschimpft hatte. Manche Schüler würden mitten im Unterricht aufstehen und rausgehen, um auf dem Klo eine Linie Speed zu ziehen. Das waren die Geschichten, die kursierten. Wobei ja bekannt ist, dass Jugendliche zum Übertreiben neigen.

Man erzählte mir auch, die Dinge hätten sich geändert, seit es einen neuen Direktor gab. Einen älteren, in sich ruhenden Mann aus Montréal. Mit weißem, akkurat gekämmtem Haar. Ernst, aber immer eine ausgestreckte Hand. Er hatte

Naturwissenschaften auf Lehramt studiert und wurde allseits geschätzt, gefürchtet, respektiert. Bei meinem Vorstellungsgespräch hatte ich auf Anhieb begriffen, warum. Obwohl er eher klein war, war er jemand, dem man zuhört. Er arbeitete schon seit zehn Jahren an der Schule und hatte ein gutes Gespür für den Umgang mit den Innu. Selbstironie, Entschlossenheit und die Fähigkeit, nicht in die Mitleidsfalle zu tappen, das braucht man, um mit Menschen zu arbeiten, die ununterbrochen rassistischen Vorurteilen ausgesetzt sind. Ob wir Lehrer auch von seiner Ausstrahlung profitierten, würde sich noch zeigen.

Unterricht

»Madame, was machen wir heute?«

»Französisch.«

»Bäh! Ich hasse Französisch.«

*

Sie nannten mich von Anfang an »Madame«. Noch bevor sie meinen Namen kannten. Aber auch später, als sie mich längst duzten und mit mir herumalberten, sagten sie weiter »Madame« zu mir. Die Regel war ein paar Jahren zuvor an der Schule eingeführt worden und wurde konsequent durchgesetzt. Anfangs tat mir das »Madame« in den Ohren weh, ich kam selbst frisch von der Uni und fühlte mich noch nicht richtig erwachsen, noch nicht bereit für eine so förmliche Anrede. Aber ich sah schnell ein, dass es nötig war. Wenn ältere Schüler mich mit tiefer Stimme fragten, ob sie heute eher gehen durften. Wenn ich abends unter der Woche ein paar Schüler im Billardsalon traf, wo ich vergeblich versuchte, mich hinter meinem Glas Wein zu verstecken. Wenn in der Klasse wieder einmal lautes Gelächter ausbrach, und ich kurz davor war, die Kontrolle zu verlieren. Die Schüler nannten mich »Madame«, und dadurch schaffte ich es, meine Stimme gerade so weit zu erheben, dass ich für Ruhe sorgen konnte.

Ich war kaum älter als meine Schüler, und manchmal war ich die ganze Unterrichtsstunde lang damit beschäftigt, mich selbst zu beobachten. Ich war unzufrieden mit meinen Bewegungen. Mit meinen Händen, die ununterbrochen und viel zu schnell redeten. Nervöse, unsichere Hände. Hände, die ich irgendwann immer in die Hüften stemmte wie ein bockiges Kind. Wie ein kleines Mädchen, das mit seinen Puppen schimpft. Hände, die es leid waren, um Aufmerksamkeit zu betteln. Um die sporadische Aufmerksamkeit von Schülern, deren Hände lässig auf den Tischen lagen.

Mit hohen Absätzen und fast immer in Jeans spielte ich die Rolle der jungen, idealistischen Lehrerin. Die immer ein wenig zu sehr die Augenbrauen hebt, wenn sie mit den Schülern redet, und sich jedes Mal entschuldigt, wenn sie sich verspricht. Es klang aufgesetzt. Ich versuchte mich vergeblich daran zu erinnern, was ich an der Uni über Motivation, Disziplin und schulischen Erfolg gelernt hatte. Ich improvisierte. Pausenlos.

Die Bilder

Im Flur zwischen dem Sekretariat und dem Lehrerzimmer hängen Schwarz-Weiß-Fotos. Eine alte Frau mit runzeligem Gesicht, die eine traditionelle schwarzrot karierte Mütze trägt. Sie macht sich nicht die Mühe, in die Kamera zu blicken. Später erfuhr ich, dass die katholischen Missionare die Innu-Frauen gezwungen hatten, diese Mützen und die traditionelle Frisur, die über den Ohren eingerollten Zöpfe, zu tragen. Weil die Innu zu schön waren, wenn ihnen das Haar offen über den Rücken fiel. Anziehend und wild. Viel zu schön für die Priester, die Enthaltsamkeit gelobt hatten. Also machten sie sie absichtlich hässlich.

Das nächste Bild zeigt einen Mann mit einer Axt in der Hand und einer Pfeife im Mund. Er verzieht keine Miene. Im Hintergrund steht ein kleines Zelt. Er sieht den Fotografen mit diesem Blick an, den Männer aufsetzen, wenn sie ein Werkzeug in der Hand halten und gleich mit der Arbeit beginnen. Er hat es nicht eilig, Bäume zu fällen. Er raucht. Er ahnt nicht, dass künftige Generationen in ihm den typischen Indianer sehen werden.

Und dann ist da noch dieses kleine Mädchen. In Nahaufnahme. Höchstens zwei Jahre alt, vielleicht sogar noch jünger. Dunkle Haut, Pausbacken, schwarze Augen. Sie trägt eine Zipfelmütze, die ihr rundes Gesicht einrahmt. Eine Art Mützenschal, der vor den blutrünstigen Junimücken schützt. Die Mütze ist aus buntem Stoff und mit Schleifen verziert. Dieses Portrait ist mein Lieblingsbild. Das Mädchen zeigt mit seinem dünnen Finger auf etwas, was man sich nur vorstellen kann. Sie blickt ernst. Ihr Mund formt ein Herz. Sie spricht.

Die Ohrringe

Die Mädchen trugen beeindruckende Ohrringe. Auf Leder gestickte bunte Perlen. Aufgefädelte Perlen, die in Bündeln herabhängen. Dazu löchrige Jeans und T-Shirts mit der Aufschrift *Get more NYC*. Funkelnde indianische Kunst vor langem, glattem schwarzen Haar.

»Hast du die Ohrringe selbst gemacht?«

»Nein, die hab ich in Obedjiwan gekauft, beim Powwow diesen Sommer.«

»Die sind wirklich schön.«

»Danke, Madame. Ich mach auch selbst welche, aber in ganz anderem Stil.«

»Wenn du magst, kannst du mir deine ja mal zeigen. Ich würde dir gern ein Paar abkaufen.«

Sie strich sich das dichte Haar hinters Ohr. Warf mir einen stolzen Blick zu.

Geschichtsstunde in der achten Klasse. Ich war vierzehn. Im Schulbuch waren Bilder von Tipis, Langhäusern, aus Tierhäuten gefertigten Kleidern, Trommeln und Beeren abgedruckt. Das Wort »Ureinwohner« trieb mir die Schamesröte ins Gesicht. Ich saß auf meinem Platz in der ersten Reihe und hoffte verzweifelt, dass der Lehrer mir keine Fragen zu meiner Kultur stellte. Schlimmer noch, dass er mich nicht aufforderte, vor der ganzen Klasse in meiner Muttersprache »guten Tag« zu sagen.

Manchmal wurde ich von Leuten, die mich zum ersten Mal sahen, für eine Latina gehalten. Das gefiel mir. Wegen meiner braunen Haut, meinem glatten schwarzen Haar und meinen Augen, die nicht ganz so mandelförmig waren wie die meiner

Mutter. Wegen meines schwer einzuordnenden Akzents. Und weil ich in meiner Jugend nie solche Ohrringe trug. Ich hatte nicht das Bedürfnis dazu.

Machten sich meine Klassenkameraden über mich lustig, weil ich Innu war? Vielleicht ein oder zwei Mal. Nicht oft genug, als dass ich die Scham verinnerlicht hätte. Trotzdem war sie da, und sie hatte etwas damit zu tun, dass ich anders war. Nicht wie der Rest. Es gab kein Wir. Das Wir kam mir nur über die Lippen, wenn man mich nach meiner Herkunft fragte.

Der Text

Es war echte Kunst. Die letzten Blätter eines endlosen Stapels, den ich an diesem Abend korrigierte, allein in meiner Wohnung. Ich hatte nicht mal eine Katze, die mir ihre Zuneigung zugeschnurrt hätte. Kleine aneinandergereihte Buchstaben, säuberlich nach rechts geneigt. Kein einziger Grammatikfehler. Genau die Sorte Text, die ich mit sechzehn hätte schreiben wollen. Neben der einwandfreien Grammatik hatte der Text eine große Klarheit, er benannte die Dinge beim Namen, ohne Umschweife und überflüssige Wiederholungen. Ich war gebannt. Las wie im Rausch. Wo hatte sie nur gelernt, so zu schreiben?

Der Text argumentierte gegen Kahlschläge in der Forstwirtschaft, und in jedem Abschnitt gab es einen Schlüsselsatz, der die Lektüre strukturierte. Ich las den Text in einem Rutsch, ohne mir die Gliederung anzusehen. Ich las aus Freude am Lesen und vergaß darüber ganz, dass ich ihn benoten musste und nur wenig Zeit hatte, weil ich noch einen zweiten Stapel Arbeiten korrigieren musste. Als ich fertig war, las ich ihn gleich noch einmal, und weil ich meine Schüler immer darauf hinweisen muss, wie sie sich verbessern können, wies ich auf einen minimalen Ausdrucksfehler im ersten Absatz hin. Auf leichte Schwächen in der Gliederung des zweiten Absatzes. Dabei glaubte ich selbst nicht so richtig an das, was ich da schrieb.

Am nächsten Tag in der Schule war Mélina da, meine Sprachkünstlerin. Ich hatte mir noch nie die Mühe gemacht, sie mir genauer anzusehen, außerhalb des Klassenverbands, als Individuum. Die ganze Unterrichtsstunde lang beobachtete ich sie. Sie hatte sich die Augen geschminkt und trug Lippenstift. Der Schminke gelang es nicht, ihre Müdigkeit zu verbergen. Doch das tat ihrer Schönheit keinen Abbruch, sie war ein hübsches Mädchen, mit dunklem Teint und langem schwarzem Haar. Dünn, vielleicht sogar ein bisschen zu dünn. Sie sprach wenig und hatte noch nie eine der Fragen beantwortet, die ich der Klasse stellte, sei es zum Unterrichtsstoff oder zum Allgemeinwissen. Sie hob kaum den Kopf, wenn ich die Aufgaben erklärte. Sie war sehr weit weg.

Nach dem Unterricht bat ich sie, kurz dazubleiben. Ihr Blick, der die ganze Stunde über abwesend gewirkt hatte, verriet mir, dass sie beunruhigt war.

»Mélina, ich habe gestern deine Arbeit korrigiert.«

Ich lächelte ihr aufmunternd zu.

»Dein Text ist sehr gut. Das wollte ich dir nur sagen.«

Sie lächelte schwach, mit geschlossenem Mund.

»Danke, Madame.«

»Ich habe selten einen so gut geschriebenen Text gelesen. Es gibt nicht viele Leute, die so schreiben können. Vor allem nicht mit sechzehn.«

»Ich bin fünfzehn.«

»Du hast wirklich Talent, das weißt du, oder?«

»Weiß nicht. Kann sein.«

»Na, gut. Dann bis morgen.«

Wochenende

Am Freitagnachmittag um vier sind meine Sachen gepackt. Chips und Softdrinks, warme, bequeme Kleidung, keine Schminke, kein Parfum, ein paar Haargummis, meine Zahnbürste. Mein Onkel belädt den Pick-up. Ich gehe ins Haus, um mit meiner Tante zu reden. Ich habe Probleme mit einem Schüler, der mich zur Weißglut bringt. Bei ihm habe ich den Eindruck, völlig die Kontrolle zu verlieren. Meine Tante erzählt mir, er sei der Sohn von Bekannten. Die Mutter hatte sich mit ihrem Liebhaber nach Schefferville abgesetzt. Die Wut des betrogenen Vaters. Die Familie zerstört wegen einer kopflosen Liebelei. Ich spüre, wie sehr meine Tante das Verhalten der Mutter missbilligt.

Zwei Stunden Autofahrt. Alte Countrysongs von einer Innu-Band. Viele Zigaretten, meine Tante und ich rauchen Kette. Ein Kaffee in Port-Cartier. Eine Schotterstraße, die man nicht aus den Augen lassen darf, weil jederzeit ein Stachelschwein auf die Fahrbahn laufen kann. Bäume, deren Äste miteinander verwachsenen sind, die Stämme getrennt durch einen Bach. Hier ist der Herbst nicht wie im Süden rot oder orange. Er ist dunkelgrün mit gelben Flecken. Ich denke über meine Wut auf diesen Jungen nach. Verstehe seine eigene Wut besser. Zwei tote Rebhühner am Wegesrand. Eins mit einer Kopfwunde, das andere mit einer Wunde am Bauch.

Rings um die Hütte wachsen Tannen und Fichten. Ein paar Birken mit kurzen Stämmen und gelben Blättern. Der See, an dessen Ufer mein Großvater einst seine Hütte gebaut hat, erstreckt sich von einem Ende des Horizonts zum anderen. Wenn man mit dem Kanu rausfährt, kann man andere Familien besuchen, andere Jäger. Meine Tanten haben sich in der Nähe meines Großvaters eigene Hütten gebaut. Insgesamt sind es fünf. Ein richtiges kleines Dorf.

Am Ufer gibt es eine Halbinsel, auf der graue Baumstämme ins Wasser ragen. Auf den ersten Blick sehen sie aus wie ein badender Elch. Man muss schon genauer hinsehen, damit einem der Impuls vergeht, den Jäger auf die Anwesenheit des mächtigen Tiers hinzuweisen. Unwahrscheinlich ist das nicht, man muss nur wachsam sein.

Durch das große Fenster sieht man auf den See. Der Kaffee schmeckt besser, wenn er in einer Blechkanne gekocht worden ist. Mein Onkel hat seine Hütte vor fünf Jahren gebaut. Sie besteht aus einem einzigen großen Raum. Drei Betten mit warmen Decken, die meine Tante genäht hat. Ein Holzofen neben der Küchenzeile, der auch als Herd und Toaster dient. Dieser schlichte schmucklose Ort trägt zu dem Frieden bei, den der See und der Fichtenwald ausstrahlen.

Die Nacht war kalt, ich ziehe mir einen Wollpulli über, während mein Onkel ein Holzscheit in den Ofen schiebt. Er fragt mich, ob ich gefroren habe. Ich sage, ein bisschen. Er zieht mich das ganze Wochenende damit auf. Als er abends vor dem Schlafengehen mehrere Scheite in den Ofen schichtet, macht er einen weiteren Witz auf meine Kosten. Ich lache mit ihm.

Das einfache Leben lässt die Unzufriedenheit verschwinden. Man sieht nicht in den Spiegel. Man sieht hinaus auf den kristallklaren See und hält Ausschau nach den schwarzen Kreisen, die die Forellen unter der Oberfläche ziehen. Man trinkt frisches Bachwasser und wirft keine Essensreste in der Nähe der Hütte weg, um die Bären nicht anzulocken.

Morgens der Geruch von Eiern und Speck, meine Tante am Herd. Ein Onkel kommt auf einen Kaffee vorbei. Er erzählt uns von Elchspuren auf dem Waldweg hinter unserer Hütte.

Fragt, was wir heute vorhaben. Dann geht er wieder. Er hat alles gesagt, was er zu sagen hatte.

Bevor wir am Sonntag gegen elf Uhr aufbrechen, schauen wir nach den Hasenschlingen. Mein Onkel und meine Tante sagen, ein in der Schlinge gefangener Hase schreie wie ein Neugeborenes. Aber das höre man nur selten. Der Hase stirbt nachts, sein letzter Kampf findet zwei, drei Meilen entfernt von dem Ort statt, an dem wir schlafen. Es ist besser, nicht dabei zusehen zu müssen. Mein Onkel und meine Tante sagen, dass einem sonst die Lust auf die Jagd vergeht.

Zwei Tage in der Wildnis sind nicht genug. Zu kurz, um mir all das, was ich als Kind verloren habe, wieder anzueignen. Ich wusste nicht, wie sehr ich die Natur vermisst hatte. In all den Jahren. Also fahre ich am nächsten Wochenende wieder mit raus. Und am übernächsten auch. Ich lerne, wie man Schlingen legt, ich lerne, im Dunkeln keine Angst zu haben. Jedes Wochenende. Bis der erste Schnee die Schotterpiste unpassierbar macht.

Unterricht

»Madame?«

»Ja?«

»Kennst du Patrice?«

»Welchen Patrice?«

»Patrice Jourdain.«

»Ja, das ist mein Onkel.«

»Ah. Er ist mein Vater.«

»Wirklich? Dann sind wir ja Cousinen!«

»Ja.«

Ich lächelte ihr liebevoll zu. Sah sie mit neuen Augen. Uns trennten nicht nur mehrere Jahre, sondern auch noch ein ganzer Graben nie erzählter Familiengeschichten. Sie erwiderte mein Lächeln. Hinter ihrem Rücken machten die anderen Schüler große Augen und begannen zu tuscheln. Natürlich ist es seltsam, wenn man seine Verwandten nicht kennt, die Tochter eines Onkels. Jeden Tag begegnete ich einem weiteren Unbekannten, mit dem ich verwandt war. Wenn mir wenigstens die Namen etwas gesagt hätten. Ich spürte, dass meine Unwissenheit die Leute vor den Kopf stieß. Mein Stammbaum bekam immer mehr Äste, und die Äste verzweigten sich immer weiter. Durch alle mit allen verwandt.

Manchmal tat ich so, als wüsste ich, wer mein Gegenüber war, oder als würde ich mich an eine Geschichte, die ich zum ersten Mal hörte, erinnern. Bei Familienessen und Bingoabenden war ich lieber still als fremd. Ich wollte dazugehören, selbst wenn das bedeutete, in der Menge unterzugehen. Wie früher.

Mikuan

Jeden Montag kam Mikuan zehn Minuten zu spät. Am Dienstag, Mittwoch und Donnerstag auch, und am Freitag rechnete ich schon gar nicht mehr mit ihrem Erscheinen. Nach ein paar Wochen merkte ich, dass ich überrascht war, wenn ich morgens die Namen vorlas und alle Schüler anwesend waren, bereit, einen neuen Aspekt der Grammatik oder eine neue Methode der Textinterpretation zu lernen. Das sagte ich ihnen auch. Ich sagte, vielleicht mit etwas zu viel Nachdruck: »Heute ist ein guter Tag.« Sich über die Fehlzeiten der Schüler aufzuregen, brachte nichts. Also begrüßte ich alle, die da waren, freundlich, machte mit dem Stoff weiter und sorgte dafür, dass die Schwänzer ihre Abwesenheit bereuen würden, indem ich Hausaufgaben besprach oder Lösungen durchging, ein Erpressungsversuch, der, wie sich bald herausstellte, ebenfalls zum Scheitern verurteilt war. Wenn ich morgens die Anwesenheitsliste durchging, machte ich meinem Ärger mit sarkastischen Bemerkungen und grenzwertigem Humor Luft, woraufhin die Schüler protestierten, »also echt«, »voll gemein«.

Bei Mikuan hatte ich allerdings das Gefühl, dass sie die Schule ernst nahm. Mit ihren zwanzig Jahren wirkte sie sehr erwachsen, sie hatte die Jugend schon eine ganze Weile hinter sich gelassen. Rundes Gesicht, Haar bis zum Po, wenn sie es offen trug, und ein Akzent, der ihre Herkunft verriet, der singende Akzent des hohen Nordens. Im Unterricht saß sie immer allein, abseits des Getuschels. Sie sah mich mit fragenden Augen und offenem Verstand an. Sie erledigte sämtliche Aufgaben, die ich der Klasse stellte, hörte den Erklärungen aufmerksam zu und beantwortet meine Nachfragen zum durchgenommenen Stoff. Das einzige Problem war ihr entspanntes Verhältnis zur Pünktlichkeit. Ich glaube, sie lebte ganz einfach in ihrer eigenen Zeit.

Mikuan hatte ihr Dorf mit siebzehn verlassen, schwanger, zusammen mit ihrem Freund. In ihrem Heimatdorf, das nur vom Meer aus erreichbar ist, endete die Schule nach der neunten Klasse. Anschließend gab es zwei Möglichkeiten: aufhören oder umziehen. Sie wollte weiter zur Schule gehen. Aber Uashat war nicht ihr Zuhause. Ich verstand sie. Obwohl ich seit meiner Rückkehr alles dafür getan hatte, mich zu integrieren, ging es mir genauso. Ich fühlte mich außen vor.

Vielleicht war sie deshalb die Erste, mit der ich mich eines Tages nach dem Unterricht unterhielt, während die anderen Schüler beim ersten Klingeln aufsprangen und die Klasse verließen. Wir redeten über alles Mögliche. Über ihren zweijährigen Sohn, den sie am Tag zuvor in die Notaufnahme gebracht hatte. Darüber, dass es ihr nicht gelungen war, zu einem Arzt vorzudringen, und sie nach stundenlangem Warten unverrichteter Dinge nach Hause gegangen war. Sie versicherte mir, sie werde ihren Sohn noch mal in die Notaufnahme bringen, falls das Fieber nicht sank. Auf ihren Schultern lastete eine enorme Verantwortung, und ich sprach ihr Mut zu. Ich hatte keine Ahnung, woher sie die Kraft nahm, den Sekundarschulabschluss anzustreben. Denn trotz ihrer Anstrengungen hatte sie schlechte Noten, vor allem im Lesen und Schreiben. Und ich konnte ihr keine zusätzlichen Übungen mitgeben, weil sie sich abends um ihren Sohn kümmern musste. Also hörte ich einfach zu und nickte verständnisvoll. Dann sagte ich, bis morgen.

Unterricht

»Madame, was machen wir heute?«

»Französisch.«

»Ja, aber was in Französisch?«

»Ein Diktat.«

»Bääh, ich hasse Diktate!«

Der Schüler schlenderte zu den Bücherregalen und zog seinen Rucksack aus einem Haufen bunter Schultaschen. Dann ging er zu seinem Platz und holte sein Heft heraus. Schrieb das Datum oben rechts in die Ecke. Warf seufzend den Stift auf den Tisch.

Meine Schüler waren schweigsam. Nicht schüchtern. Eher zurückhaltend. Wachsam. Wenn ich zu ihnen ging und mich für das Heft interessierte, über dem sie brüteten, erstarrten sie. Warteten, dass ich etwas sagte. Ich wartete auch. Auf eine Frage. Einen Kommentar. Nichts. Ich schlenderte weiter, irrte durch die Klasse, ein starres Lächeln auf den Lippen. Nach einer Weile ging mir auf, dass ich an meinem Pult besser aufgehoben war. Dass ich dort aufhören konnte zu warten. Dass mein Auf- und Abgehen sinnlos war. Also setzte mich wieder. Kläglich.

Eines Vormittags schnappte ich ein Gespräch zwischen zwei Mädchen auf. Sie erzählten sich kichernd von ihrem Wochenende. Die Abenteuer der letzten Nacht waren noch frisch. Ihre Augen leuchteten. Zwei sorglose Jugendliche. Am liebsten wäre ich zu ihnen gegangen und hätte mitgelacht, ihnen indiskrete Fragen gestellt. Aber ich hielt mich zurück. Ich rief sie zur Ordnung und forderte sie auf, sich wieder ihren Heften zuzuwenden. Sie warfen mir böse Blicke zu. War ich so durchschaubar?

Marcs Mutter

An diesem Morgen war Marc nicht zur Schule gekommen. Niemand wunderte sich, er fehlte oft ohne Grund. Das trug zu der Anspannung bei, die von ihm ausging, wenn er lesen, schreiben oder ein Verb im Passé simple konjugieren sollte. Ich konnte mich nicht an seine negative Haltung gewöhnen, und das hatte ich ihm auch schon oft gesagt. Wir näherten uns dem Ende des ersten Trimesters, und an dem Tag kritisierte ich sein Fehlen vor der ganzen Klasse, ich wiederholte zum tausendsten Mal, wie wichtig es war, zum Unterricht zu erscheinen. Anwesenheit war die Grundlage für jeden schulischen Erfolg. Eine der Schülerinnen unterbrach mich mit empörter Stimme, einer Stimme, an die ich mich auch nicht gewöhnen konnte: »Also echt, Madame. Weißt du nicht, dass Marc nach Québec gefahren ist? Seine Mutter ist krank, sie stirbt vielleicht.«

Das hatte ich tatsächlich nicht gewusst. Ich befragte unsere Klatschtante, nicht das Mädchen mit der empörten Stimme, sondern ihre Sitznachbarin, die alle Geschichten und Gerüchte im Reservat kannte und fleißig weiterverbreitete. Ich wollte wissen, ob sie etwas gehört hatte.

»Ja, Marcs Mutter hat einen Herzinfarkt gehabt, und es kann sein, dass sie stirbt. Sie wurde im Flugzeug nach Québec-Stadt gebracht, damit sie von Spezialisten untersucht werden kann, weil die Ärzte hier bei uns bekanntlich nicht viel draufhaben. Marc und sein Bruder sind heute Morgen mit dem Auto losgefahren. Sie wissen nicht, ob sie ihre Mutter noch mal sehen, bevor … Das ist so traurig, Madame. Wie kann es sein, dass du nichts davon gehört hast? Das verstehe ich nicht.«

Ich verstand es auch nicht. Bis zum Ende der Stunde musste ich die ganze Zeit an Marc denken. Er machte sich bestimmt schreckliche Sorgen. Mein Herz setzte jedes Mal einen Schlag aus, wenn ich im Kopf die Worte der Schülerin wiederholte: Sie wissen nicht, ob sie ihre Mutter noch mal sehen, bevor …

An dem Tag ging ich meine Mutter besuchen und aß mit ihr zu Mittag.

Rundmail

Seit zwei Tagen hatten wir keine Neuigkeiten von Marcs Mutter. Wir wussten nicht, ob es ihr gut oder schlecht ging, ob sie auf dem Weg der Besserung war oder im Sterben lag. In jeder Pause tauschten wir im Lehrerzimmer dieselben Informationen aus. Wir dachten an die Jungs, Marc und seinen jüngeren Brüder. Daran, wie viel Angst die beiden haben mussten. Das Unglück führte uns die Zerbrechlichkeit des Lebens vor Augen. Krankheiten von Angehörigen, überstandene Krankheiten, beängstigende Krankheiten, unheilbare Krankheiten, die Krankheit von Marcs Mutter.

Ich erfuhr es aus der wöchentlichen Rundmail des Direktors. Dort stand auch, Sozialarbeiter und Psychologen würden sich um die Jungen kümmern, wenn die Familie das wünsche. Außerdem Datum und Uhrzeit der Beerdigung, eine Einladung zur Trauerfeier, falls wir einen der Jungen unterrichtet hatten, ein paar Worte des Beileids. Ich musste schlucken, aber ich versuchte, mir nichts anmerken zu lassen. In meinem Kopf wirbelten Bilder durcheinander. Marc, der im Unterricht schläft. Marc, den ich ausschimpfe, weil er seine Hausaufgaben nicht gemacht hat. Marc, der mir sagt, wie sehr er Französisch hasst, weil er nichts kapiert. Marc, der nach Québec gefahren ist, ohne zu wissen, ob … Marc, der heute nicht da ist. Marc, der gerade erst in den Stimmbruch gekommen ist. Marc und sein kindliches Gesicht. Marc, der seine geliebten Jogginghosen gegen einen schwarzen Anzug tauschen muss. Marc, der mit seinen schmächtigen Armen den Sarg seiner Mutter trägt. Marc, den ich gern in den Arm nehmen würde. Dem ich gern sagen würde, dass alles wieder gut wird, auch wenn ich nicht weiß, ob das stimmt. Marc, der noch so jung ist, viel zu jung, um ohne Mutter zu sein.

Ich fühlte mich nicht imstande, zu der Beerdigung zu gehen, und auch nicht, die Familie in den drei Tagen zu besuchen, die die Totenwache dauerte. Der Tod ließ mich verstummen. Erstarren. Versteinern. Er hatte schon immer diese Wirkung auf mich gehabt. Mein einziger Ausweg war Rückzug. Verdrängung.

Lehrerzimmer

Ich fühlte mich hilflos. Ich fragte eine Kollegin, wie ich mich den Schülern gegenüber verhalten sollte, vor allem Marc gegenüber. Was sollte ich sagen? Wie konnte ich ihm etwas von seinem Schmerz nehmen? An der Uni hatte ich gelernt, dass man jeden Körperkontakt zu Schülern vermeiden soll, vor allem zu denen des anderen Geschlechts. Dass man immer eine professionelle Distanz wahren soll. Galt das auch in diesem Fall? Ein Kind hatte seine Mutter verloren.

Die Lehrerin, die ich um Rat fragte, arbeitete seit zwanzig Jahren an der Schule. Sie unterrichtete Mathematik. Anfangs hatte ich sie für steif und verschlossen gehalten. Sie war groß, immer streng gekleidet und lächelte fast nie. Wenn sie im Lehrerzimmer Arbeiten korrigierte, seufzte sie schwer. Sie schimpfte leise vor sich hin und regte sich über unvollständige, falsche oder fehlende Antworten auf. Also hatte ich beschlossen, sie nicht zu mögen. Ich nahm an, dass sie eine dieser mürrischen, abgestumpften Beamten war, die sich morgens auf den Weg zur Schule machen, als wäre es ein Gefängnis. Bis zu dem Tag, als ich sie bei einer Klassenarbeit vertrat. Die Kollegin hatte die Aufgaben mit großer Sorgfalt vorbereitet, mir den Ablauf genau erklärt und extra ein paar Worte zu jedem Schüler aufgeschrieben. Die Klasse war unruhig, es machte sie nervös, dass ihre Lehrerin nicht da war. An diesem Tag begriff ich, wie sehr die Kollegin an ihren Schülern hing. Und sie an ihr.

»Yammie, du musst gar nichts tun. Der Direktor und der Beratungslehrer werden mit Marc reden. Deine Aufgabe ist es, ihn weiter zu unterrichten. Du kannst ihm natürlich ein paar nette Worte sagen, damit er weiß, dass du mit ihm fühlst. Noch ist unklar, wann er wiederkommt, aber wenn es so weit ist, wird er seinen Alltag zurückhaben wollen. Sein altes Leben.«

»Sein altes Leben … Wie soll das gehen?«

»Du wirst schon sehen. Er schafft das. Die Schüler sind stärker, als wir glauben.«

Unterricht

»Madame, wie geht es dir mit dem Tod von Marcs Mutter?«

»Ich bin traurig.«

»Wann kommt er zurück?«

»Keine Ahnung. Wenn er so weit ist, nehme ich an.«

»Muss er die Abschlussklausuren mitschreiben?«

»Wenn er möchte. Vielleicht hilft es ihm, vielleicht lenkt es ihn ab. Hört mal, wenn er wiederkommt, seid nett zu ihm. Er wird eure Freundschaft und Hilfe brauchen. Überlegt euch schon mal, was ihr zu ihm sagen könnt.«

»Und was wirst du sagen?«

»Ich weiß es nicht.«

Allein

Ich wohne in der Stadt, fünf Minuten vom Reservat entfernt. Die Wohnung ist dunkel. Wenige Fenster. Zu meinem Uni-Abschluss hat meine Mutter mir ein imposantes Bücherregal aus Holz geschenkt. Es nimmt fast den gesamten Raum in der Küche ein. Dutzende von Büchern drängen sich auf den Regalbrettern. Bücher, die ich aus Interesse gelesen habe. Bücher, die ich geschenkt bekommen habe. Bücher, die ich für mein Studium angeschafft habe. Bücher mit Gebeten. Bücher, die ich als Jugendliche verschlungen habe. Bücher, die ich diesen Sommer zum zweiten oder dritten Mal gelesen habe, auf dem Balkon, eine glimmende Zigarette im Aschenbecher. Ich habe schon lange kein neues Buch mehr gelesen.

Ich bekomme fast nie Besuch. Das Telefon klingelt nur, wenn ich an einer Umfrage teilnehmen soll. Ich habe mir vorgenommen, wieder mit dem Joggen anzufangen, sobald ich mich etwas eingelebt habe, aber ich komme nicht dazu, ich muss den Unterricht vorbereiten, Klassenarbeiten korrigieren, Stundenpläne erstellen. Ich bin müde. Ich habe zugenommen, weil ich mir jeden Abend Essen liefern lasse. Der Wein von der Tankstelle hilft auch nicht gerade.

Anfangs hoffte ich, im Kollegium Freunde zu finden, aber die anderen scheinen alle ein erfülltes, durchgeplantes Leben zu haben, und so beschränkt sich der Kontakt auf ein Feierabendbier jeden dritten Freitag im Monat. Die Einsamkeit passt nicht zu mir. Früher hatte ich oft Gäste und habe für alle gekocht. Für Freunde und Freunde von Freunden. Jetzt lebe ich wie eine Bärin. Niemand traut sich, einer Bärin nahe zu kommen.

*

Verrückt, wie sehr er mir fehlt. Seit zwei Wochen hat Nicolas nicht angerufen. Er antwortet auch nicht wirklich auf meine E-Mails. Ein paar kurze Sätze, leere Floskeln. Ich will wissen, was er macht, mit wem er seine Zeit verbringt. Naiv wie ich bin, dachte ich, die Entfernung könnte uns nichts anhaben. Dabei kann ich sie spüren. Jeden Tag ein wenig mehr.

Mitte November, plötzlich ist Winter. Gestern fiel die Temperatur auf minus fünfzehn Grad. Ich war noch nicht dazu gekommen, mir eine Winterjacke zu kaufen. Als ich in den Pausen zum Rauchen vor die Tür ging, zitterte ich am ganzen Körper. Meine Kollegen lachten mich aus und sagten: »Willkommen in Sept-Îles.«

In schlaflosen Nächten voller Sehnsucht und viel zu schweren Grübeleien für meinen müden Kopf setzt sich ein Gedanke fest. Vielleicht habe ich mich geirrt. Vielleicht ist das hier nicht mein Weg. Zu viel Ehrgeiz, zu wenig Erfahrung. Ich komme nicht an die Jugendlichen heran. Zwischen ihnen und mir gibt es eine Mauer. Nicolas hätte die richtigen Worte gefunden, um mich zu trösten. Er hätte mir Mut gemacht. Mich in seine starken Holzfällerarme geschlossen. Seine Gesellschaft hätte mich beruhigt. Wir hätten Wein getrunken, bis zum Vergessen. Wie früher hätten uns Liebeserklärungen und utopische Versprechungen gereicht. Schweigend leere ich mein Glas Rotwein.

Warum ruft er nicht an?

Die Hütte

Meine Tanten saßen an dem großen Tisch in der Mitte, schälten Kartoffeln, rupften mit blutigen Händen Rebhühner und unterhielten sich. Ich hörte zu und warf hin und wieder etwas ein. Meine jüngste Tante, von allen nur die »Kleine« genannt, bis sie mit dreiunddreißig Großmutter wurde, erzählte von den letzten Tagen meiner Großmutter, ihrer Mutter. Meine Tante war dabei gewesen, als sie ins Krankenhaus kam. Alle hatten gewusst, dass das Ende nah war. Sie lebte seit Monaten schlecht. Sie atmete schwer und hatte vom Diabetes am ganzen Körper offene Wunden. In meiner Kindheit schob man alte Menschen nicht ab, man brachte sie erst zum Sterben ins Krankenhaus. Hilfe beim Waschen, schmerzende Knochen, Schlaflosigkeit, das alles waren Dinge, um die man sich zu Hause kümmerte. In der Nacht, als sie in dem grauen Krankenhauszimmer starb, verabschiedeten sich ihre Kinder, Enkel und Urenkel nacheinander von ihr. Mein Großvater weigerte sich. Er gestand seiner ältesten Tochter, dass er seine Frau lang genug habe leiden sehen. Er habe nicht die Kraft, sie auch noch sterben zu sehen. Niemand zwang ihn. Wir hörten zu, wie meine Tante uns mit großer Zärtlichkeit von diesem Moment der Schwäche erzählte. Es klang wie ein Gebet.

Als ich am Abend in meinem schmalen, warmen Bett lag, eingelullt vom Knistern des Feuers und vom Schnarchen meines Onkels und meiner Tante, dachte ich an meinen Großvater. Daran, wie sehr er seine Frau geliebt haben muss. Ein Leben lang vereint, alles Unglück gemeinsam durchlebt. Die Armut, die es zum Frühstück gab, die tot geborenen Kinder. Wie sehr muss er sie geliebt haben, dieser bärenstarke Mann, der vor keinem Hindernis, das ihm das Leben in den Weg gestellt hatte, zurückgewichen war, dass er die Frau seines Lebens nicht sterben sehen konnte. Eine so tiefe Liebe konnte ich mir nur schwer vorstellen. Aber ich spürte, dass sie mein Erbe war.

Schweigen

Eine Woche nach der Beerdigung kam Marc wieder zur Schule. Seine langsamen Schritte, seine sparsamen Bewegungen. Er, der sonst in jeder Stunde meinen Unterricht kritisiert hatte, reagierte nicht, als ich ihn bat, sein Heft aufzuschlagen. Er schwieg. Das Einzige, was er sagte, war, dass er die Klausur am Trimesterende auf keinen Fall verpassen wollte, um das Jahr nicht wiederholen zu müssen. Die Blicke, die wir ihm zuwarfen, voller unausgesprochener Dinge. Ich lächelte ihm zu, aber es war kein aufrichtiges Lächeln, eher das gezwungene Lächeln einer älteren Frau, die zusieht, wie ein Kind sich beim Essen bekleckert. Die Schülerin mit der empörten Stimme überraschte mich. Sie kümmerte sich um Marc. Sie setzte sich an den Tisch vor ihm. Erklärte ihm, was wir in letzter Zeit durchgenommen hatten. Sie schaffte es sogar, ihn zum Lachen zu bringen. Es war kein lautes Lachen, eher das Lachen von jemandem, der nach Luft schnappt, nachdem er zu lange unter Wasser gewesen ist. Ich beobachtete sie. Voller Neid, weil sie es schaffte, auf Marc zuzugehen. Voller Dankbarkeit, weil ich der Klasse an jenem Tag erklärte, wie man räumliche und zeitliche Strukturen in Erzähltexten interpretiert. Ich wusste mir nicht anders zu helfen.

Mikuan

»Madame, kann ich mir mal kurz dein Handy ausleihen? Ich muss zu Hause anrufen, ich hab den Bus verpasst.«

Sie lacht unbeschwert. Also, trotz aller Warnungen, die davon abrieten. Weil sie schon zwanzig war und wir uns seit ein paar Wochen nach dem Unterricht unterhielten. Und weil der Wind eisig war. Aus all diesen Gründen hielt ich mich nicht an die Regel der professionellen Distanz.

»Wo wohnst du denn?«

»Hinterm Kino.«

»Wenn du willst, nehm ich dich mit. Das liegt auf meinem Weg.«

»Gern.«

*

Wegen der Kälte wollte mein Auto nicht anspringen. Mikuan sah zu, wie ich mir eine Zigarette anzündete. Sie zündete sich auch eine an.

»Du solltest dir ein neues Auto zulegen. Immerhin bist du jetzt Lehrerin.«

Sie lachte.

»Du hast recht. Das hab ich mir auch schon überlegt. Am besten eins mit Fernstarter. Ich kann immer noch nicht glauben, wie kalt es hier ist.«

Sie grinste.

»Und du, lebst du gern hier in Uashat?«, fragte ich sie an einer roten Ampel.

»Ja. Auch wenn es nicht immer leicht ist. Vor allem nicht,

wenn ich nach Hause komme und mein Freund nichts gemacht hat. Nicht geputzt, nicht gekocht, nicht gespült. Und ich dann auch noch Abendessen machen und mich um meinen Sohn kümmern muss. Manchmal würd ich am liebsten zurück nach Pakua Shipi gehen.«

»Das verstehe ich. Das ist bestimmt nicht einfach, alles allein zu machen.«

»Nein. Wenn mein Freund mir helfen würde, wäre es leichter.«

»Hast du schon mal mit ihm geredet?«

»Worüber?«

»Dass er mehr machen soll.«

»Ja, aber dann gibt es jedes Mal Streit. Hast du einen Freund, Madame?«

»Bis vor kurzem hatte ich einen. Vielleicht hab ich ihn immer noch. Ich weiß nicht. Er ist in Québec-Stadt geblieben.«

»Verstehe. Mein Freund wollte erst auch nicht mitkommen. Aber dann hat er es sich anders überlegt. Vielleicht überlegt es sich deiner ja auch noch anders.«

»Vielleicht.«

Ich hielt vor der Adresse, die sie mir genannt hatte. Wünschte ihr einen schönen Abend. Sie bedankte sich fürs Mitnehmen. Und trotz der vielen Dinge, die sie belasteten, stieg sie fröhlich aus dem Auto aus, glücklich, Zeit mit den Menschen zu verbringen, die sie liebte.

Marc

Seit seiner Rückkehr hatte er keine einzige Unterrichtsstunde verpasst. Er hatte aufgehört, sich zu beschweren, und hörte aufmerksam zu, wenn ich die Hausaufgaben erklärte. Paradoxerweise befürchtete ich, er könnte unter einer Depression leiden. Obwohl alles an seinem Verhalten dagegensprach. Jedenfalls machte seine Wesensveränderung mir Sorgen.

Eines Tages ignorierte ich meine Angst, einen Fehler zu machen und die gerade heilende Wunde wiederaufzureißen, und nahm ihn nach dem Unterricht beiseite.

»Marc, ich wollte dir nur sagen, dass mir aufgefallen ist, wie sehr du dich im Unterricht anstrengst. Wenn du so weitermachst, bestehst du die Abschlussklausuren problemlos.«

»Cool. Danke, Madame.«

»Aber ich will dir trotzdem eine Frage stellen. Abgesehen von der Schule, wie geht es dir? Wie läuft es zu Hause? Und mit deinen Freunden?«

»Äh …«

Er holte tief Luft.

»Ja?«, ermutigte ich ihn.

»Ich bleibe nicht hier. Wenn ich mit der Sekundarschule fertig bin, ziehe ich nach Québec. Ich will nach der Elften aufs Cégep, eine Ausbildung machen oder Abitur. Ich hab die Nase voll von Uashat, Madame. Ich will hier weg.«

Er berührte mich. Seine Entschlossenheit, sein Elan beeindruckten mich.

»Weißt du, Madame, deshalb ist dir aufgefallen, dass ich mich jetzt mehr anstrenge.«

»Verstehe. Ich werde dir helfen. Du wirst die Klausuren mit Sicherheit bestehen.«

Die Mathelehrerin hatte Recht gehabt. Marc war viel stärker, als ich gedacht hatte.

Weihnachtsbingo

Am letzten Schultag vor den Ferien veranstaltete ich mit den älteren Schülern ein Fondue-Essen. Jeder steuerte etwas bei. Brühe, Kartoffeln, Baguette, Käse, Salat. Ein Mädchen hatte es geschafft, ihrem Vater eine kleine Menge hauchdünn geschnittenes Karibufleisch abzuschwatzen, und ich hatte dafür gesorgt, dass der Direktor das restliche Fleisch spendierte. Die Tische, die normalerweise in Reihen standen, waren zu Inseln zusammengeschoben, und ich hatte weiße Tischdecken darüber gelegt und rote Plastikteller verteilt. Als die Schüler in die Klasse kamen, lief Weihnachtsmusik. Ich lächelte. Endlich konnte ich mich mal wieder als Gastgeberin betätigen.

Die Schüler kamen nacheinander durch die Tür, stellten Essenstüten auf meinem Pult ab, hängten ihre Winterjacken über eine Stuhllehne und murmelten »wow« oder »cool«. Sie sprühten nicht gerade vor Begeisterung, aber sie meinten es ernst.

Den Spaß an Gruppenspielen habe ich von meiner Mutter. Ich hatte drei Spiele ausgesucht, bei denen man in Teams gegeneinander antritt, miteinander ins Gespräch kommt und viel lachen kann. Für ein, zwei Stunden unsere Rollen als Schüler und Lehrerin vergessen. Eine Brücke schlagen. Das erste Spiel war ein Ratespiel, *Wer bin ich*. Man muss eine berühmte Persönlichkeit oder eine Figur aus einem Film imitieren, deren Name auf einem Zettel steht, und das eigene Team muss raten, wen man darstellt. Es ist ein einfaches, aber kein leichtes Spiel. Hulk, der sich verwandelt. Da musste ich meinen ganzen Stolz runterschlucken. Ich ging langsam von der Tür in Richtung Fenster. Mitten im Raum bäumte ich mich auf, stieß lautes Gebrüll aus, verzog das Gesicht zu einer Grimasse. Alle brachen in lautes Gelächter aus. Ich auch. Die Schüler forderten eine Zugabe. Ich musste meine Nummer noch zweimal aufführen, bevor ich sie dazu überreden konnte, mitzumachen. Schließlich wagten sie den Sprung ins kalte Wasser. Einer nach dem anderen.

»Nee, nee! Ich mach da nicht mit.«

Wie erwartet wollte Mélina sich vor den anderen nicht die Blöße geben.

»Komm schon, Mélina, du bist dran. Du musst ja keine Pantomime spielen, du kannst auch einfach irgendwas Typisches sagen«, sprach ich ihr Mut zu.

»Auf keinen Fall, Madame! Ich hasse solche Spiele.«

»Komm schon! Du hast doch gehört, was sie gesagt hat, du kannst auch einfach irgendwas sagen. Das muss dir nicht peinlich sein«, ermutigte Mikuan sie.

»Ja, komm, ist echt nicht schwer«, warf ein anderer Schüler ein.

»Äh … Puh … Ich weiß nicht …«

»Dann lass es! Das wird nichts, Madame. Nimm den nächsten dran.«

»Warte. Ich bin mir sicher, dass sie das schafft.«

Ein paar Sekunden lang sahen wir alle Mélina an, während sie sichtlich mit sich kämpfte, hin- und hergerissen zwischen der Angst, sich zum Affen zu machen, und der Lust, ihre Klassenkameraden zum Lachen zu bringen.

»Okay … Ich … Äh … mein Schatzzz …«

»Herr der Ringe!«

Die ganze Klasse lachte. Mélina auch. Das war Musik in meinen Ohren. Ich speicherte ihr Lachen ab. Zusammen mit den halbmondförmigen Augen und den strahlenden Gesichtern meiner Schüler, mit den in den Nacken geworfenen Köpfen, als wäre Lachen eher eine Frage der Körperhaltung als von

Humor. Zum ersten Mal seit Beginn des Schuljahres räumten die Schüler mir einen Platz in ihrer Welt ein.

Nach dem Fondue nahmen wir am Schulfest teil, es gab verschiedene Aktivitäten für alle Klassenstufen, Eishockey ohne Schlittschuhe, Karaoke, Kunsthandwerk, eine Filmvorführung, Skilanglauf. Ich hatte mich für Hockey angemeldet. Dabei hatte ich seit Jahren nicht mehr auf dem Eis gestanden. Die Schüler spielten mir Pässe zu, die ich unmöglich abfangen konnte. Ich war sofort außer Atem und wechselte mich alle fünf Minuten mit einem anderen Spieler ab. Die Jungs waren stark und schnell. Einige von ihnen spielten im Verein. Irgendwer erzählte mir, dass sie jedes Turnier gewinnen. Sie spielten mir trotzdem weiter Pässe zu. Seltener, langsamer und direkt vor den Schläger. Die Luft war kalt und trocken. Ein paar Schüler kochten Kakao mit Marshmallows.

*

Am späten Nachmittag in der Turnhalle, lange Tischreihen. An die zweihundert Schülerinnen und Schüler, bewaffnet mit Markern, bereit für die letzte Aktivität des Tages: Bingo. Ich setzte mich neben zwei Schüler, die ich nicht selbst unterrichtete. Wir waren in einem Team, deshalb erfuhr ich ihre Namen. Matthias und André. Beide waren in der Förderklasse. Das ist ein Programm für alle, die in den Hauptfächern einen zu großen Rückstand haben. Mit Methoden aus der Erwachsenenbildung. Übungshefte, die man selbstständig ausfüllen muss, fast kein Frontalunterricht. Mir fiel es schwer zu glauben, dass die Schüler auf diese Weise Fortschritte machten. Ich fragte mich, woher ein Jugendlicher die Motivation nehmen sollte, sich wie ein Erwachsener selbst weiterzubilden.

Die beiden waren Witzbolde. Matthias hatte lange Haare, die ihm ins Gesicht fielen, André einen Bürstenschnitt. Sie machten sich die ganze Zeit über sich selbst lustig. Spielten sich gegenseitig den Ball zu. Ich lachte. Vielleicht vor Müdigkeit nach dem langen Tag, vielleicht, weil ich beim Hockey gefroren hatte, vielleicht, weil ich das Fondue mit meinen Schülern genossen hatte, vielleicht, weil ich mich auf die Ferien freute, in denen ich endlich ein bisschen durchatmen könnte, vielleicht aber auch nur wegen dieser beiden Jungs, die mich daran erinnerten, dass ich vor nicht allzu langer Zeit selbst eine Jugendliche gewesen war. Ich weiß nicht, woran es lag. Jedenfalls lachte ich. Ich bog mich vor Lachen. Wischte mir Tränen aus den Augen. Ich lachte die ganze Zeit.

Nicolas

Es war ein schöner Tag gewesen, und ich wollte dieses Gefühl mit ihm teilen. Er ging beim zweiten Klingeln dran.

»Hallo, ich bin's.«

»Yammie? Wie geht's dir?«

»Super!«, sagte ich lachend. »Und dir?«

»Ich will dich schon länger anrufen, aber ich bin irgendwie nicht dazu gekommen. Ich bin bei meinen Eltern.«

»Ja, ich höre sie im Hintergrund. Grüß sie von mir.«

»Yammie … Es tut mir leid, dass ich dich nicht früher angerufen habe. Ich bin nicht allein bei meinen Eltern. Ich bin mit jemand anderem hier.«

»Was? Mit wem? Das verstehe ich nicht.«

»Ich hab da jemanden kennengelernt …«

»Aha.«

»Ja …«

»Und? Jetzt stellst du sie deinen Eltern vor?«

»Ja.«

»Und auf die Art sagst du mir, dass wir nicht mehr zusammen sind?«

»Tut mir leid.«

»Was ist verdammt noch mal dein Problem? Du schaffst es nicht, mir zu sagen, dass unsere Beziehung zu Ende ist, obwohl du längst mit einer anderen zusammen bist?«

»Wir sind nicht zusammen.«

»Nein? Aber du stellst sie deinen Eltern vor …«

»Sie war noch nie am Südufer des Sankt-Lorenz-Stroms, und sie hatte am Wochenende noch nichts vor. Sie ist erst mal nur eine Freundin.«

»Eine Freundin.«
»Ja, genau.«
»Verarsch mich nicht!«
»Okay.«
»Weißt du was?«
»Was?«
»Fuck you!«

*

Ich legte wütend auf, ohne zu merken, dass mir Tränen über die Wangen liefen. Ich stellte ihn mir mit seiner neuen Freundin vor, erleichtert, dass er mir endlich die Wahrheit gesagt hatte. Seine Eltern, glücklich, dass ihr Sohn mit einer jungen Frau aus der Nähe zusammen war, die sich ernsthaft binden wollte. Sicher eine Weiße. Mit blauen Augen wie Nicolas und nicht ganz so glattem Haar wie ich. Und mich warf er einfach weg. Auf den Müll, wie ein Paar alte Socken.

An diesem Abend ertränkte ich mein gebrochenes Herz in Cabernet Sauvignon. Später schrieb ich ihm eine zornige E-Mail. Ich schlief auf dem Sofa ein, mit verschmierter Wimperntusche und verquollenem Gesicht.

DAS LEBEN
IST EIN KAMPF

Der erste Schultag nach den Ferien

Ich hatte gehofft, dass die ersten Wochen nach den Ferien ruhig werden würden. Weihnachten und Neujahr waren in einem Strudel aus Familientreffen und Frustkäufen vergangen. Ich verbrachte die Feiertage mit meiner Familie und fuhr nicht nach Québec-Stadt. Allein der Gedanke, mich in derselben Stadt wie Nicolas aufzuhalten, und sei es nur für ein Shopping-Wochenende, war mir unerträglich. Meine Mutter fragte mich vom ersten Ferientag an über meine Fernbeziehung aus. Wahrscheinlich ahnte sie, dass wir uns getrennt hatten, noch bevor ich den Mund aufmachte. Während ich meine Tränen runterschluckte, nahm sie mich in den Arm und sagte: »Weine ruhig, mein Kind. Manche Entscheidungen sind schwer zu erklären. Und wenn andere unsere Entscheidungen nicht verstehen, gehen sie auf Abstand zu uns, aus Angst, dass wir auf Abstand zu ihnen gehen. Verstehst du?«

Ich wusste natürlich, dass sie nicht von mir sprach. Meine Mutter sprach von sich selbst vor zwanzig Jahren. Von ihrer Flucht in die Großstadt. Vom Unverständnis und von der Ablehnung ihrer Eltern und Schwestern. Von ihrer Rebellion gegen das ungeschriebene Gesetz, dass man im Reservat wohnen bleibt. Hier seine Kinder großzieht. Hier sein Haus baut. Ich wusste, dass sie meinen Schmerz aufgrund ihrer eigenen Geschichte nachvollziehen konnte.

Und weil sie Nicolas gut kannte und er immer charmant zu ihr gewesen war und sie ihn liebgewonnen hatte, hing auch ihr, glaube ich, ein paar Tage lang das Herz durch.

In den Weihnachtsferien hatte ich mehrmals das heftige Bedürfnis, ihn anzurufen. Seine Stimme zu hören. Zu hören, wie er mich anfleht, ihm zu verzeihen, und beteuert, alles sei ein Riesenfehler gewesen. Vor allem, wenn ich allein in meiner Drei-Zimmer-Wohnung hockte. Vor allem, wenn meine Wut kurzzeitig verflog und ich einsah, dass meine Abwesenheit ihn in die Arme einer anderen Frau getrieben hatte. Vor allem, wenn ich bereute, dass ich nicht bei ihm geblieben war, sondern unsere Liebe meinem Beruf geopfert hatte, aus purem Egoismus. Aber ich gab dem Bedürfnis nicht nach. Weil ein Teil von mir bedingungslos geliebt werden wollte, trotz der Entfernung, trotz der kurzen Telefonate, wenn man eigentlich schon viel zu müde ist. Also ignorierte ich es. Redete mir ein, dass der Schmerz nachlassen würde. Dass alles vorbeiging.

Am ersten Schultag nach den Ferien zitierte mich der Direktor in sein Büro. Das war untypisch für ihn. Sonst mischte er sich nicht in die Arbeit der Lehrer ein und schien sich nicht groß darum zu kümmern, ob es im Unterricht gut lief oder ob es Schwierigkeiten gab. Er führte auch keine unangekündigten Kontrollen durch wie andere Direktoren, die in den Fluren patrouillieren, mehrere Minuten lang draußen vor der Tür stehen bleiben und durch Fenster ins Klassenzimmer schauen. Auf den ersten Blick wirkte das wie ein Vertrauensbeweis. Später erfuhr ich allerdings, dass er ein Notizbuch führte, in dem die Namen aller Lehrer und des gesamten Personals aufgelistet waren. Dass er darin jedes noch so kleine Gerücht notierte, sei es reine Spekulation oder von den Schülern bestätigt. Wenn er also eine Lehrkraft in sein Büro rief, war das kein Routinetreffen, bei dem er sich erkundigen wollte, wie es im Unterricht lief. Er tat das nur, wenn es einen konkreten Anlass gab. Meist einen unangenehmen.

»Yammie, ich habe einen Vorschlag für dich. Das Kultusministerium hat Subventionen für indigene Schulen ausgeschrieben. Für die Inszenierung eines Theaterstücks. Und die Kunstlehrerin hat schon jetzt zu viele Schüler im Nachmittagsunterricht. Es sind über dreißig. Ich dachte, du hättest vielleicht Lust, mit den Schülern ein Stück einzustudieren. Das passt doch gut zum Französischunterricht. Sprechtraining, mündlicher Ausdruck und so weiter. Du bist jung und voller Energie. Du könntest nachmittags eine Theater-AG anbieten, zweimal pro Woche. Für fünfzehn Schüler der neunten bis elften Klasse. Was meinst du?«

Ich hörte ihm zu und nickte.

»Das ist ein tolles Projekt. Kann ich ein paar Tage darüber nachdenken? Meine Elfte hat in Französisch große Lücken, und ich möchte sie gut auf die Abschlussklausur vorbereiten. Ehrlich gesagt weiß ich nicht, ob ich Zeit für eine Theater-AG habe.«

»Verstehe, verstehe.«

Er sprach jetzt in dem Ton, den er immer dann anschlug, wenn ein Schüler respektlos zu werden droht.

»Ich lasse dich in Ruhe darüber nachdenken. Aber ich mache dir das Angebot nur deshalb, weil ich viel Gutes über dich und deinen Unterricht gehört habe und glaube, dass du die Richtige für dieses Projekt bist.«

»Aber ich habe noch nie Theater gespielt. Ich weiß gar nicht, ob ich das kann«, sagte ich zu meiner Verteidigung.

»Das verstehe ich. Die Schüler haben auch noch nie Theater gespielt. Ihr könnt euch das gemeinsam erarbeiten. Einen Text auswendig lernen, Kostüme anziehen und sich auf die Bühne stellen, das kann doch nicht so schwer sein. Ich kenne die Jugendlichen, sie werden ihre Französischkompetenzen durch das Theaterspiel auf mehreren Ebenen verbessern. Hör mal, ich kann die AG auch jemand anderem anbieten, aber aus Erfahrung weiß ich, dass diese Art von Projekt eine gute Gelegenheit ist, mit den Schülern in Kontakt zu kommen. Weil du neu bist, dachte ich, das würde dich vielleicht interessieren.«

Mehr brauchte es nicht, um mich zu überzeugen. Ich musste nicht länger nachdenken. Ich nahm das Angebot an.

»Wunderbar«, sagte er und räusperte sich. »Wir fangen gleich diese Woche an. Morgen nehmen wir die Namen der Schüler auf, die Interesse an der AG haben. Dann erstellen wir eine Teilnehmerliste, und du kannst …«

Er blätterte in seinen Stundenplänen.

»… am Mittwoch anfangen.«

So endete mein erstes Treffen mit dem Direktor in seinem Büro. Hinterher dachte ich, dass es Schlimmeres gab.

Theater

Ich kannte *Romeo und Julia*, *Hamlet*, *Die Nashörner* und *Der eingebildete Kranke*, Stücke, die wir auf dem Cégep gelesen hatten, weil die Lehrer etwas für unsere Allgemeinbildung tun wollten. Und im Studium, weil die Professoren uns beeindrucken und uns unter die Nase reiben wollten, wie ungebildet wir waren. Ich ging mein Bücherregal durch: *La face cachée de la lune* von Robert Lepage, *C'était avant la guerre à l'Anse-à-Gilles* von Marie Laberge, *Rêves* von Wajdi Mouawad, *Tartuffe* von Molière und *Le Cid* von Corneille. Als ich im *Cid* blätterte, erinnerte ich mich dunkel daran, dass es in dem Stück um Liebe, Ehre und Rache ging. Ich stellte mir die mittelalterlichen Kostüme vor, das Schloss als Kulisse und die geschliffenen Dialoge aus dem Mund meiner Schüler. Ich las das Stück noch einmal von vorn bis hinten durch. Es handelte sich um eine Schülerausgabe, die ich für ein Seminar über Jugendliteratur gekauft hatte. In dem Seminar hatten wir auch den *Fänger im Roggen* gelesen. An den Roman erinnerte ich mich gut. Ich hatte mir vorgenommen, ihn mit meinen Schülern zu lesen, bis mir aufgegangen war, dass mir niemand Geld bewilligen würde, um den Klassensatz eines Romans über jugendliche Rebellion zu kaufen. Meine Ausgabe des *Cid* enthielt viele Bilder und war so gestaltet, dass man die Verse gut lesen konnte. Aber natürlich war das Vokabular schwierig, und wegen der Länge des Textes war es ziemlich unrealistisch, das Stück bis zum Ende des Schuljahrs einzustudieren. Vor allem bei nur zwei Proben pro Woche. Es war eine Herausforderung. Genau das, was ich brauchte. Ein unmögliches Projekt. Zufrieden mit meiner Entscheidung ging ich ins Bett und schlief die ganze Nacht tief und fest durch.

Rodrigo

Zum wiederholten Mal brachte er mich in der letzten Unterrichtsstunde zur Weißglut. Er weigerte sich mitzumachen. Er hatte den Kopf auf den Tisch gelegt und ließ die Arme seitlich runterhängen, so dass ich nur sein zerzaustes Haar sah. Ich hatte ihm extra einen Platz in der letzten Reihe gegeben, damit ich ihn nicht die ganze Zeit vor der Nase hatte.

»Rodrigo, heb den Kopf. Und schlag dein Buch auf«, sagte ich mit leichter Ungeduld.

Keine Antwort, außer einem unverständlichen Brummen, gedämpft von seiner Fleecejacke. Um ihn herum unterdrücktes Prusten, zum Teil sogar Gelächter. Die Klasse war von Anfang an undiszipliniert gewesen. Und obwohl es mir im Laufe der letzten Monate gelungen war, einigermaßen für Ruhe zu sorgen, so dass Unterricht und Einzelarbeit möglich waren, ließ ich sie nie Gruppenarbeit machen, auf keinen Fall, und das nahmen sie mir übel, sie sagten mir auf den Kopf zu, im Vergleich zu anderen Lehrern sei ich »uncool« und mein Unterricht »total langweilig«. Das Gelächter der anderen verstärkte meine Entschlossenheit, und ich verschärfte den Ton.

»Rodrigo, hoch mit dem Kopf und an die Arbeit. Ich sage das nicht noch mal.«

Als koste es ihn übermenschliche Anstrengung, richtete er sich auf, stieß sein Buch von sich und verschränkte die Arme vor der Brust. Jetzt war ich diejenige, die ein Brummen ausstieß. Diesen Tick hatte ich seit Jahren. Wenn mir etwas nichts passte, brummte ich wie eine Katze, der man auf den Schwanz getreten ist. Die anderen Schüler wurden immer unruhiger, und so blieb mir nichts anderes übrig, als ihn vor der ganzen

Klasse runterzuputzen. Er untergrub meine Autorität, das konnte ich nicht durchgehen lassen.

»Rodrigo, wenn du dich nicht sofort zusammenreißt, schicke ich dich zu Monsieur Boulanger. Ich habe keine Lust, dich ständig zu ermahnen.«

»Dann lass mich doch einfach in Ruhe.«

Er legte den Kopf wieder auf den Tisch und machte die Augen zu. Da platzte mir der Kragen.

»Rodrigo, ich kapiere nicht, warum du überhaupt zur Schule kommst, wenn du nur schläfst. Ich kapiere nicht, warum du morgens aufstehst, wenn du nichts lernen willst. Kannst du mir das vielleicht mal erklären?« Ich schrie jetzt fast.

»Was geht dich das an. Mir doch egal. Außerdem schlafe ich gar nicht. Lass mich in Ruhe«, knurrte er und lehnte sich auf seinem Stuhl zurück.

Mein Herz begann zu rasen.

»Schön. Dann lass ich dich von jetzt an in Ruhe. Raus hier! Ich will dich nicht mehr sehen. Du bist bis auf weiteres vom Französischunterricht ausgeschlossen.«

Er stand auf. Rodrigo war fünfzehn und groß für sein Alter. Breitschultrig. Er sah aus wie zwanzig. Er wusste genau, welche Wirkung er auf andere Menschen hatte, vor allem auf eine junge Lehrerin, die gerade einmal eins sechzig groß ist. Er musste keine Randale machen, er war auch so bedrohlich.

Ich setzte mich an mein Pult, während er seine Tasche aufhob und die Stifte einsammelte. Auf seinem Gesicht lag ein süffisantes Grinsen. Ich versuchte, mich auf die Korrekturen zu konzentrieren, an denen ich vorher gearbeitet hatte. Ich redete mir innerlich gut zu, um mich zu beruhigen. Sein letzter Satz gab mir den Rest.

»Endlich kein Französisch mehr«, rief er und zeigte mir und der Klasse den Mittelfinger.

»Raus!«

Unwillkürlich schossen mir Tränen in die Augen. Es kostete mich all meine Kraft, sie zurückzudrängen. Ich hörte nicht einmal das Klingeln wenige Minuten später. Ich sah nur, wie die Schüler aus der Klasse stürzten, viel zu angespannt für einen Montagnachmittag. Während ich die Bücher wegräumte, beschloss ich, Rodrigo in diesem Schuljahr nicht mehr am Unterricht teilnehmen zu lassen. Meine Entscheidung stand fest. Unwiderruflich.

Die Theatertruppe

Am Dienstagnachmittag händigte man mir die Liste mit den Namen der Schüler aus, die Interesse an einer Theater-AG hatten. Die Sekretärin wies mich extra darauf hin, dass es nicht die endgültige Liste war. Noch zögerte ich, die zusammengewürfelte Gruppe aus mehr oder minder motivierten Schülern, die einfach nur Lust auf etwas Neues oder kein Interesse an Töpfern und Linolschnitt hatte, meine Theatertruppe zu nennen. Aber genau das sollten sie werden. Und ich ihre Regisseurin. Wer hätte das gedacht. Meine Schwestern hätten sich über mich lustig gemacht, ihrer Meinung nach konnte ich nicht mal Stimmen imitieren oder einen Witz erzählen.

Die meisten der sechzehn Schüler auf der Liste kannte ich aus dem Unterricht. Es waren ein paar lebhafte Kandidaten dabei, denen manche Kollegen unterstellten, sie hätten ADHS, obwohl sie nie eine offizielle Diagnose bekommen hatten. Ich wunderte mich nicht, ihre Namen auf der Liste zu lesen. Sie sahen die Gelegenheit, all die überschüssige Energie, die sich durch stundenlanges Sitzen in ihnen aufstaute, rauszulassen. War das ein Gewinn? Ich hoffte es. Mikuan, Marc und Rodrigo standen auch auf der Liste. Der letzte Name ließ mich zusammenzucken. Rodrigo war auf unbestimmte Zeit vom Französischunterricht ausgeschlossen, das hatte ich dem Direktor klipp und klar gesagt. Trotzdem tauchte er pünktlich zu jeder Stunde vor dem Klassenzimmer auf. Jedes Mal bedeutete ich ihm mit einer knappen Handbewegung, dass er die Schwelle nicht überschreiten durfte. Angesichts der Schwere seines Vergehens hatte ich das Kriegsrecht verhängt. Keine

Diskussionen, kein Kompromisse. Als ich seinen Namen auf der Liste sah, war ich in meinem Stolz getroffen. Nahm man mich an dieser Schule etwa nicht ernst? Meine Wut flammte wieder auf. Ich würde Rodrigo nicht nur vom Französischunterricht, sondern auch von der Theater-AG ausschließen. Ich würde ihn eine Weile zappeln lassen, bevor ich ihn zu einem Gespräch zitierte. Ich wusste, dass das ungerecht war. Ich stand dazu.

Party

Meine Cousine hatte beschlossen, noch in diesem Winter zu heiraten. Ihre Brautjungfern und Freundinnen hatten den gelb gestrichenen Gemeindesaal für den Abend in einen Festsaal verwandelt. Die Decke mit transparenten Tüchern verhangen, rote und weiße Heliumballons an silbernen Bändern befestigt, Weihnachtsbäume mit Lichterketten geschmückt. Es sah wunderschön aus. Nach dem Bingo trudelten immer mehr Leute ein. Kerzenlicht sorgte für festliche Stimmung. Die runden Tische waren rechts und links in langen Reihen angeordnet, in der Mitte war Platz zum Tanzen. Auf der Bühne stimmten die Musiker ihre Gitarren. Ich setzte mich zu meinen Tanten, den älteren Schwestern meiner Mutter. Beim ersten Akkord sprangen sie auf und begannen zu tanzen. Als wären sie zwanzig. Das Brautpaar betrat den Saal unter Applaus und den Blitzlichtern der Fotografen. Dann wurde Champagner ausgeschenkt.

Ich sitze in meiner Ecke des Saals und sehe ihn auf mich zukommen. Noch heute höre ich seine Worte in meinem Kopf. Seine raue Stimme. Selbstbewusst. Sehe unsere sich berührenden Schultern. Berauscht vom Lachen und vom Wein. Noch heute höre ich, wie er sagt, ich sei an diesem Abend das Schönste, das er zu Gesicht bekommen hat. Mehrmals. Zärtliche Worte, ganz nah am Ohr einer zerbrechlichen Seele geflüstert. Als er mit seinem Set fertig ist, als sich die Tanzfläche leert und an der Bar die letzten Getränke ausgeschenkt werden, kann ich nicht anders, als ihm um den Hals fallen, um ihn noch einmal sagen zu hören, wie schön ich sei. Der Geruch seines Rasierwassers vermischt sich mit dem von Schweiß.

Er geht, die Gitarre in der einen Hand, eine Zigarette in der anderen. Er ist groß und schlank. Langes dunkles Haar, zu einem Pferdeschwanz gebunden. Dreitagebart. Helle, erregte Augen. Er sagt, dass wir uns wiedersehen werden. Lächelt mich an. Ich schmelze dahin wie Schokolade in der Sonne. Schiebe ihm meine Telefonnummer in die Tasche.

Theater

Wir hatten keine Zeit zu verlieren. Es war Januar, und das Stück sollte Mitte Juni aufgeführt werden. Ich durchlebte alle möglichen Gefühle. Panik, Stress, Vorfreude. Ich wusste es selbst nicht. Für die erste Probe machte ich ungefähr tausend Fotokopien. Wir würden den *Cid* aufführen oder gar nichts. Den Text zu lernen, würde einen Großteil der Proben in Anspruch nehmen. Kulissen bauen, Kostüme schneidern. Die Bewegungsabläufe und Duelle einstudieren. Chaos im Kopf, das Unmögliche in den Händen. Ich brannte vor Ungeduld.

Ich hätte es wissen müssen. Als ich die Handlung des Stücks beschrieb und ein paar Schlüsselstellen vorlas, hagelte es abfällige Kommentare.

»Das kannst du uns nicht antun, Madame. Das Stück ist viel zu schwer!«

»Der Text ist uralt. Das versteht doch kein Mensch.«

»Ich spiele auf keinen Fall einen Spanier!«

»Warum hast du kein Stück über Innu ausgesucht? Oder wenigstens eins, das in Québec spielt?«

Es dauerte geschlagene zehn Minuten, bis ich durch das Gemaule durchdrang und erklären konnte, dass sie sich meiner Meinung nach besser auf das Theaterstück einlassen würden, wenn sie Figuren spielten, die nichts mit ihrem eigenen Leben zu tun hatten. Dass sie sich dann eher trauen würden, auf der Bühne aus sich herauszugehen. Dass ihnen die Kostüme, Requisiten und Kulissen helfen würden. Und natürlich die Proben. Dass man im Leben auch mal was wagen muss, das einem auf den ersten Blick unmöglich erscheint. Ich war enttäuscht von ihren Reaktionen. Ich schaffte es nicht, sie zu überzeugen, und mir gingen die Argumente aus. Mikuan kam mir zur Hilfe.

»Ich finde das Stück gut. Wir schaffen das! Stellt euch nur mal die Kleider und die Kulissen vor. Wie in *Romeo und Julia*. Oder, Madame?«

»Genau! Ihr habt doch sicher alle schon mal davon geträumt, in so einem Stück mitzuspielen! Der *Cid* ist genauso. Wir werden etwas Großes auf die Bühne bringen. Versteht ihr?«

Nach und nach verstummte das Gemaule. Ich seufzte. Das würde ein hartes Stück Arbeit werden.

*

Zum Glück lief es bei der Verteilung der Rollen besser. Nachdem ich jede Figur genau beschrieben hatte, beschlossen wir gemeinsam, wer wen spielen würde. Ich hielt es für sinnvoll, die Schüler an der Entscheidung zu beteiligen. Marc bekam die Rolle des Helden, Don Rodrigo. Drei Jungen hatten sich für die Rolle interessiert, aber ich merkte, dass alle Marc nach seinem schlimmen Verlust etwas Gutes tun wollten. Ich war einverstanden. Myriam schlug vor, sie könne die Chimene spielen, eine junge Adelige, die an der Liebe leidet. Ich war überrascht, dass Myriam, die sich sonst hinter schüchternen Augen und kurz geschnittenem Haar versteckte, die weibliche Hauptrolle übernehmen wollte. Obwohl es ein Risiko war, gab ich mein Okay. Mikuan würde Elvira spielen, Chimenes Gouvernante. Sie hatte etwas Mütterliches an sich, deshalb gefiel mir die Idee. Am Ende der ersten Probe waren alle Rollen besetzt. Wir waren uns einig, dass diejenigen mit Nebenrollen zusätzliche Aufgaben hinter den Kulissen übernehmen würden. Gut gelaunt verließen die Schüler das Klassenzimmer, einige rezitierten mit aufgesetztem europäischen Akzent ein paar Verse. Sie lachten, als würden sie eine neue Sprache lernen.

Sehe, wie man die Völker unterwirft / ein Heer befehligt, Festungen angreift / Und sich durch Heldentaten seinen Ruhm begründet.

Exkursion

Das Cégep von Sept-Îles, an dem man eine Fachschulausbildung oder Abitur machen konnte, lud zum Tag der offenen Tür ein. Alle Schüler der neunten bis elften Klassen waren aufgefordert, sich über ihre Zukunftsperspektiven zu informieren. Zumindest über die Möglichkeiten, die eine abgelegene Kleinstadt bot. Die Jugendlichen waren aufgekratzt, sie freuten sich, dass der Nachmittagsunterricht ausfiel.

Ich schlenderte an den Ständen entlang, an denen die verschiedenen Berufsausbildungen und Studiengänge vorgestellt wurden, und fragte mich, warum ich eigentlich nicht Journalistin geworden war. Schreiben war schon immer meine Leidenschaft gewesen, und ich hätte nichts dagegen gehabt, meinen Namen im Innenteil einer großen Zeitung zu sehen. Vielleicht hätte ich dann jetzt eine Kolumne, in der ich meine eher konservativen Ansichten vertreten, die Tagespolitik analysieren und flammende Leitartikel zu umstrittenen Themen schreiben würde. Doch dann sagte ich mir, dass das ein sehr komfortabler Beruf war. Als Journalistin wird man nicht von einer Horde Jugendlicher ausgebuht, die das von dir ausgewähltes Theaterstück für hoffnungslos altmodisch halten.

Zwei Mädchen, Schülerinnen der neunten Klasse, saßen auf einer Bank am Ausgang, beobachteten die Leute und steckten die Köpfe zusammen. Ich ging näher.

»Das nervt echt, dass die Leute immer so rassistisch sind.«

»Ja, man sollte Geldstrafen verhängen.«

»Ja! Fünfhundert Dollar für jeden blöden Blick oder Spruch.«

Die Mädchen lachten.

»Dann wären wir reich.«

Kolumnen zu schreiben, wäre sicher ein interessanter Beruf. Aber dafür muss man einen messerscharfen Blick auf die Gesellschaft haben. So wie diese beiden Mädchen, die nicht oft aus dem Reservat herauskamen.

Dunkelheit

Seit Anfang Januar waren die Temperaturen eisig, und die Kälte schien kein Ende nehmen zu wollen. Nachts minus vierzig Grad, mittags immer noch minus dreißig. Den Nordwind hasste ich besonders. Er peitschte mir so hart ins Gesicht, dass ich fast die Zigarette verschluckte, die ich mir gerade angezündet hatte, in neun Metern Abstand zum Schulgebäude. Morgens zog ich mir die Kapuze tief ins Gesicht und rannte den Weg vom Auto zum Eingang.

Ich war gerade im Lehrerzimmer angekommen, als der Direktor das gesamte Kollegium über Lautsprecher aufforderte, sich dort einzufinden. Einige Kollegen legten ihre Schals ab und zogen sich eine Strickjacke an. Andere kamen mit einer Thermoskanne und einem Stapel Kopien durch die Tür und runzelten die Stirn, weil sie vor Unterrichtsbeginn noch schnell etwas hatten erledigen wollen. Der Geräuschpegel stieg, alle redeten durcheinander. Monsieur Boulanger vergewisserte sich, dass alle da waren, indem er laut die Namen der Kollegen rief, von denen er vermutete, dass sie wie immer spät dran waren. Wir lachten, aber er schüttelte nur den Kopf. Es wurde still im Raum. Er schloss die Tür.

»Was ich euch heute Morgen zu sagen habe, fällt mir schwer, also komme ich gleich zur Sache. Marithée hat sich heute Nacht das Leben genommen.«

Niemand atmete. Absolute Stille. Betroffenheit. Marithée hatte die Schule im Laufe des Jahres abgebrochen. Sie hatte gesagt, sie sei zu alt, um noch zur Schule zu gehen, aber mir war zu Ohren gekommen, dass sie in allen Hauptfächern durch die Klausuren gefallen war. Seitdem war sie ein paar

Mal mit ihrem zweijährigen Sohn in einem nagelneuen Kinderwagen vorbeigekommen, um ihren Lehrern hallo zu sagen. Ein hübsches Mädchen, hochgewachsen, mit hellem Teint.

Von meinem Platz aus sah ich, dass unserem sonst so unerschütterlichen Direktor Tränen in den Augen standen. Es dauerte eine ganze Weile, bis er weitersprechen konnte.

»Die meisten Schüler wissen es wahrscheinlich schon. Marithées Familie und Freunde haben es heute Nacht erfahren. Ihr wisst ja, wie schnell sich Nachrichten bei uns herumsprechen. Trotzdem kann es sein, dass einige Schüler noch nicht Bescheid wissen. Wir müssen es ihnen schonend beibringen.«

Wieder machte er eine Pause. Die meisten Lehrer nickten und sahen zu Boden. Eine Kollegin konnte die Tränen nicht zurückhalten. Sie schluchzte laut und versuchte vergeblich, sich die Augen mit Taschentüchern zu trocknen. Sie war eine der Förderlehrerinnen. Ich begriff, dass Marithée ihre Schülerin gewesen war. Vielleicht schon seit Jahren.

Ich musste an Myriam denken, Marithées jüngere Schwester. Meine Chimene. Wo war sie jetzt? Bei ihrer Familie. Bei ihrem Freund. Ganz nah bei den Menschen, die sie liebte. Ich versuchte mir vorzustellen, wie sie sich fühlte. Das Herz, das rebelliert. Der Albtraum, mitten in der Nacht aus dem Schlaf gerissen werden und erzählt bekommen, dass ... Dass was? Jetzt schossen mir ebenfalls Tränen in die Augen. Ihretwegen. Wegen des Schicksals. Wegen des Schmerzes, der so groß ist, dass er tötet. Wegen der Angst. Wegen des übermächtigen Bedürfnisses, woanders zu sein.

»Ich möchte euch um eins bitten: Seid stark. Wir müssen weiter machen. Ich gehe davon aus, dass viele Schüler sich heute in einer Krise befinden werden. Bitte tut euer Möglichstes, sie in den Klassenzimmern zu halten.«

Er räusperte sich laut.

»Wir müssen den Tag irgendwie überstehen. So gut, wie das unter diesen Umständen möglich ist.«

Er konnte sich seiner Verantwortung nicht entziehen. Er musste stark sein. Trotzdem nahm ich etwas an ihm wahr, das ich bisher nicht von ihm kannte. Er sah aus, als hätte er am liebsten den Tisch gepackt, auf den er sich beim Reden stützte, und ihn quer durchs Lehrerzimmer geschleudert. Seine schweren Seufzer konnten seine Wut nicht mildern. Er rannte fast aus dem Lehrerzimmer, nachdem er uns versichert hatte, dass der psychologische Notdienst unterwegs sei. Die Reservatsverwaltung hatte ein Einsatzkommando aus Sozialarbeitern zusammengestellt, für genau solche Situationen: für Selbstmorde.

*

In der ersten Stunde hatte ich meine elfte Klasse. Eigentlich hatte ich vorgehabt, noch einmal mit ihnen durchzugehen, wie man eine Erörterung schreibt, denn das hatten sie bitter nötig. Ich hatte ihnen eine Kolumne von Pierre Foglia über die Arbeitsbedingungen in Alten- und Pflegeheimen mitgebracht. Zu Beginn hätte ich den Text mit der ganzen Gruppe gelesen, jeder reihum einen Satz, so wie wir das immer machten. Dann hätten die Schüler in Einzelarbeit die These und die Argumente des Kolumnisten herausschreiben sollen. Ich hätte mich in meinem Element gefühlt. Ich bewunderte Pierre Foglia, und seine Kolumnen waren immer einfühlsam und klug. Ich saß an meinem Pult und beobachtete, wie die Schüler nacheinander in die Klasse kamen. Ich wunderte mich, wie viele trotz des tragischen Vorfalls zum Unterricht erschienen. Manche hatten ein versteinertes Gesicht, andere kämpften mit den Tränen. Mädchen, die am ganzen Körper zitterten, große Jungs, die reglos vor mir stehen blieben. Ich hatte keine

Ahnung, was ich tun sollte. Diesmal hatte ich keine Zeit gehabt, die Kollegin um Rat zu fragen. Der Direktor hatte gesagt, wir sollten weitermachen wie immer. Doch etwas in mir sträubte sich dagegen.

»Ich weiß nicht, wie es euch geht, aber mir ist heute nicht nach Unterricht zumute.«

Eine Träne lief mir über die Wange, und ich wischte sie mit dem Handrücken weg. Mich den Schülern so verletzlich zu zeigen, war mir einerseits peinlich, andererseits spornte es mich zum Weitersprechen an.

»Ich möchte euch einen Vorschlag machen. Ich finde, wir sollten uns etwas Zeit nehmen und miteinander reden. Wenn ihr einverstanden seid, schieben wir die Tische an den Rand und bilden mit den Stühlen einen Kreis.«

Es kam keine Antwort. Aber die Schüler standen auf und stellten die Stühle im Kreis auf. Ohne Begeisterung. Mit feierlichem Ernst.

Der Kreis

Als ich zwischen zwei Schülern sitze, merke ich, dass sich so eine Gruppentherapie nicht improvisieren lässt. Ich stehe selbst unter Schock, bin völlig verwirrt. In den letzten Jahren haben sich zwei meiner Cousinen das Leben genommen. Als das passierte, wohnte ich noch in Québec-Stadt, und so hatten mich die Trauer, die Wut und die Verzweiflung nicht ganz so heftig getroffen. Ich sehe meine Schüler reihum an. Sie sitzen da, starren zu Boden, lassen den Kopf hängen, mehr noch als sonst. Angesichts des beklommenen, angespannten Schweigens, das in dem von mir geformten Kreis herrscht, beschließe ich zu sprechen.

»Ich glaube, wir sollten uns etwas Zeit nehmen und sagen, was wir fühlen. Nichts ist schlimmer, als solche Dinge in sich reinzufressen. Ich glaube, dass wir darüber sprechen müssen, auch wenn es wehtut. Weil wir dann … besser atmen können. Ich fange mal an, dann seid ihr an der Reihe. Wenn ihr wollt.«

Alle holen tief Luft. Was mag wohl in ihren Köpfen vorgehen? Wohin wandern ihre Gedanken? Warum muss der Himmel ausgerechnet heute so dunkel sein? Was kann man tun, wenn der Schmerz einen auf grausame Weise daran erinnert, dass das Leben ein Kampf ist?

»Ich verstehe nicht, was passiert ist, und ich werde nicht so tun, als ob ich es verstehe«, sage ich und blicke wieder von einem Schüler zum anderen.

Das Wort für diese Art zu sterben kommt mir nicht über die Lippen.

»Ich bin sehr traurig, und ich habe großes Mitleid mit Myriam, mit Marithées Freund, mit ihrem kleinen Sohn.

Ich muss die ganze Zeit an sie denken, und ich habe Angst um sie.«

Ich fange an zu weinen, aber das ist mir egal. Wenn meine Schüler den Mut aufbringen, an einem solchen Tag zur Schule zu kommen, muss ich auch den Mut aufbringen, ihnen meine Traurigkeit zu zeigen.

»Versteht mich nicht falsch, aber ich muss gestehen, dass ich auch wütend bin. So etwas sollte nicht passieren. Marithée sollte nicht tot sein. Sie sollte immer noch hier sein. Bei uns. Sie sollte mit ihrem kleinen Sohn im Kinderwagen spazieren gehen.«

Mir fällt das Seminar zu Kinder- und Jugendpsychologie ein, das ich an der Uni belegt hatte. Der Professor hatte uns verschiedene Suizidtheorien vorgestellt. Er hatte gesagt, Selbstmord sei die schlimmste Form der Gewalt. Das Brutalste, was ein Mensch tun kann, sei, Hand an sich selbst zu legen. Bei diesem Gedanken läuft es mir kalt über den Rücken.

In diesem Moment geht die Tür auf und Maya kommt in die Klasse. Sie sieht uns mit ernsten Gesichtern im Kreis sitzen. Schluchzt auf und vergräbt das Gesicht in den Händen. Hastig stehe ich auf und nehme sie in den Arm, streiche ihr über das lange schwarze Haar. Ich hatte Maya ganz vergessen, Marithées beste Freundin. Über sie kursieren in letzter Zeit einige Gerüchte. Es heißt, sie hätte versucht, sich das Leben zu nehmen, und ein paar Tage in der Psychiatrie verbracht. So ist das. Nach einem Selbstmordversuch verbringt man eine Woche in Gesellschaft von Leuten, die durchgedreht sind, weil sie zu starke Drogen inhaliert haben, von Leuten, die wegen der von den Ärzten verschriebenen Antidepressiva nichts mehr fühlen, von Leuten, die wie man selbst in tiefster Finsternis leben, durch die Dunkelheit irren, ohne Hoffnung auf Licht. Maya sackt in meinen Armen zusammen. Ich führe sie zu dem Stuhl neben meinem. Weine mit ihr. Sie ist selbst Mutter. Sie hat zwei kleine Kinder. Ich flüstere ihr ins Ohr.

»Die Liebe, Maya, wird uns retten. Heute Abend nimmst du deine Kinder in den Arm und sagst ihnen, dass du sie liebst, auch wenn es wehtut. Dass du sie über alles liebst.«

Den Rest der Stunde sprechen die Schüler nur wenig. Ich ermutige sie, ohne sie unter Druck zu setzen. Ich erfahre, dass die Familie mit so etwas nicht gerechnet hat. Nichts an Marithées Verhalten hatte darauf hingewiesen, dass sie unglücklich war. Verzweifelt. So verzweifelt, dass sie sich an einem Baum am Waldrand erhängt hat. Ich erfahre auch, dass sie viele Geschwister hat. Dass ihr jüngster Bruder gerade mal so alt ist wie ihr Sohn. Dass der Kleine, als ihre Mutter die Kinder um sich versammelt hat, um ihnen von Marithées Tod zu erzählen, weiter mit seinem gelben Auto gespielt hat. Dass die Mutter neidisch auf ihn gewesen ist. Was hätte sie für eine Sekunde Sorglosigkeit gegeben.

»Madame. Ich fände es gut, wenn wir etwas für die Familie tun. Vielleicht einen Brief schreiben. Ich weiß auch nicht.«

»Ja. Das machen wir auf jeden Fall.«

»Und noch was.«

»Ja?«

»Können wir für sie beten?«

Ich nicke.

*

Ganz leise beginnt die Schülerin das Gebet zu sprechen. Die anderen fallen ein, im Chor sagen sie das *Vater Unser* auf, das sie auswendig können.

Nutauinan, Tshin uashkut ka tain
Tshima tshitimauenitakanit tshitishinikashun,

Tshima papanit tshitipaitsheun eshpish pishitshikuin nete
uashkut Tshima it ute assit.
Ashaminan anutshish kashikat pakueshikan
peikutshishikua tshe ishpaniat, ek^{u}*,*
shueniminan ka ishpish tshishuaitat,
Miam ka ishpish shuenimatshiht anat ka tshishuaimit.
Eka uin patshiteniminan netshishkakuiat,
tiekut pikuinan ka takuak ka matshikaut.
Tshima it.

Die Schüler verlassen das Klassenzimmer mit geschwollenen Augen, zu Boden gerichteten Blicken, leisen Schluchzern. Hat ihnen der Kreis gut getan? Das werde ich nie erfahren. Natürlich ist die Sache damit nicht aus der Welt. Natürlich wird es eine Weile dauern, bis der Schmerz nachlässt. Natürlich habe ich nicht alles gesagt, was man hätte sagen können. Habe nicht unbedingt die richtigen Worte gefunden. Aber ich will glauben, muss glauben, dass an diesem Morgen etwas zwischen mir und den Schülern entstanden ist. Etwas Zartes, Zerbrechliches. Etwas Wahres. Ein erster Anflug von Vertrauen.

Radio

Samstag am frühen Nachmittag, allein zu Hause. Ich werfe einen Blick auf die Uhr, es ist so weit. Ich schalte den Fernseher aus und das Radio ein. Ein Kirchenlied auf Innu, gesungen von einer hellen Frauenstimme. Sie bittet Gott um seine Liebe und um die Aufnahme in sein Reich. Ein Totengesang. Dann ergreift der Priester das Wort. Trotz der überzeugend klingenden Satzmelodie des auf Innu gelesenen Textes stelle ich ihn mir sofort als Weißen vor, im langen Messgewand, mit einem großen Kreuz vor der Brust.

Ich habe beschlossen, nicht zur Beerdigung zu gehen, nicht die nassen Wangen der trauernden Familie zu küssen, mich nicht in die hinterste Ecke der Kapelle zu setzen, nicht meine anwesenden Schüler zu fragen, wie es ihnen geht.

Die Zeremonie ist traurig. So traurig, wie nur die Beerdigung einer jungen Mutter sein kann. Die von der Familie gemurmelten Antworten auf die Gebete. Im Hintergrund kreischende Kinder, weinende Frauen. Die zaghafte Hoffnung des Priesters, der seit seiner Amtseinführung zum wiederholten Mal für ein viel zu junges Gemeindemitglied den letzten Segen sprechen muss. An solche Tragödien gewöhnt man sich nicht. Selbst dann nicht, wenn man an das ewige Leben glaubt. Selbst dann nicht, wenn man glaubt, dass Marithée jetzt ein Engel im Himmel ist, so wie der Priester es in seinen Schlussworten versichert.

Als die Messe vorbei ist, spreche ich ein eigenes Gebet. Erst für meine Schüler, die Abschied von einer Klassenkameradin nehmen müssen. Dann für meine Familie. Möge Gott uns vor solch einem Unglück bewahren.

Stanley

»Wenn du dich einsam fühlst, kann ich vorbeikommen.«

»Das ist es nicht. Ich bin traurig.«

»So was ist echt Mist. Versuch zu vergessen. Denk an was anderes. Ich komm vorbei und lenk dich ab. Wart's nur ab.«

»Na gut. Bis später.«

Ich legte auf. Mit ihm war alles so einfach. Kein Drama, keine Erwartungen. Seit der Hochzeit meiner Kusine, seit ich ihn in aller Unschuld geküsst hatte, trafen wir uns unregelmäßig. Er kam zu mir in die Wohnung. Ich hörte stundenlang zu, wie er mir von seinem Leben erzählte, seinen Abenteuern, seinen Erfolgen mit der Musik und mit den Frauen. Ich fand ihn lustig. Dass er pausenlos redete, als stünde seine Zunge in Flammen, dass er mich mitten in der Nacht sturzbetrunken anrief, als wäre das das Normalste von der Welt. Seine Selbstsicherheit, die Gitarre auf seinen Knien, seine tiefe Stimme. Er war fünf Jahre älter als ich.

Die drei Jahre mit Nicolas, einem netten, freundlichen Menschen, der sich immer gut benahm, hatten mein Männerbild verfälscht. Ich dachte, alle Männer wären Gentlemen. Stanley benahm sich daneben, rauchte in meiner Wohnung, obwohl ich es ihm verbot, trank viel zu viel und fluchte in einem einzigen Satz mehr als ich in einem ganzen Monat. Er war sehr von sich eingenommen und erzählte mir von seinen jungen Geliebten, um mich eifersüchtig zu machen. Ich hörte zu und stellte interessierte Nachfragen, um ihn zu ärgern. Ich sagte ihm, dass ich mich niemals in ihn verlieben könnte. Er antwortete, Liebe sei etwas für Schwächlinge.

An diesem Abend war er verhältnismäßig ruhig. Er kam früher als sonst. Zog ein Bier aus seinem Rucksack und streckte es mir hin. Ich nahm es entgegen und bedankte mich leise. Wie eine verwundete Katze, misstrauisch. Ich war schon im Schlafanzug und hatte mich abgeschminkt. Ich saß in eine Decke gewickelt vor dem Fernseher. Er setzte sich neben mich und machte sich ein Bier auf. Blickte mich an.

»Du bist wunderschön heute Abend. Ich bin froh, dich zu sehen.«

Theater

»Madame?«

»Ja, Caro?«

»Ich hatte da gestern so eine Idee … Meine Mutter kann echt gut nähen, Röcke, Kleider, all so was.«

»Ja?«

»Ich glaube, sie würde uns helfen, wenn wir sie fragen und den Stoff kaufen. Sie könnte unsere Kostüme nähen.«

»Wow! Das wäre ja toll!«

»Ja.«

»Hast du sie schon gefragt?«

»Nein.«

»Gut. Dann rede doch mal mit ihr und frage sie, ob sie Lust hat. Wenn ja, würde ich sie anrufen, um alles zu besprechen. Caro, das ist eine super Idee!«

»Ich glaub, ich könnte ihr vielleicht sogar ein bisschen helfen. Ich bin nicht total gut«, sagte sie achselzuckend, »aber ein bisschen nähen kann ich auch.«

»Großartig!«

Und bevor sie das Klassenzimmer verließ:

»Vielen Dank, Caro, das ist wirklich toll.«

Während ich mich wieder dem Korrigieren zuwandte, dachte ich, dass dieses unerwartete Engagement alle Buhrufe der Welt aufwog.

Rodrigo

Ich klopfte an die Tür des Englischkurses. Die Lehrerin öffnete und fragte, ob alles in Ordnung sei. Ich antwortete, ich müsse mit Rodrigo sprechen. Sie schickte ihn raus auf den Flur. Er kam mit versteinertem Gesicht angetrottet und folgte mir in mein Klassenzimmer. Die Deckenlampen waren ausgeschaltet, Sonnenlicht überflutete die Tische. Ich war an diesem Morgen gut gelaunt aufgewacht und hatte beschlossen, Rodrigo eine zweite Chance zu geben.

Er hob einen Stuhl von einem Tisch in der ersten Reihe, setzte sich und legte die Hände auf die Knie.

»Also, Rodrigo, können wir jetzt miteinander sprechen?«

»Ja.«

»Weiß du, warum ich dich vom Unterricht ausgeschlossen habe?«

»Ja.«

»Dann erklär es mir doch mal.«

»Na … weil ich nicht mitgemacht habe.«

»Genau. Und bist du jetzt bereit, im Unterricht mitzuarbeiten?«

»Ja.«

»Und ist dir auch klar, dass das nicht der einzige Grund war?«

»Ja …« Er grinste verlegen. »Weil ich *fuck you* gesagt habe.«

Ich sah ihm in die Augen.

»Du hast dich respektlos verhalten, mir gegenüber und gegenüber der ganzen Klasse. Das kann ich nicht hinnehmen.«

Er starrte zu Boden.

»Ich weiß, Madame. Wird nicht wieder vorkommen.«

»Ich möchte, dass du dich entschuldigst.«

»Ja, klar … Tut mir leid.«

Mit freundlicherer Stimme fuhr ich fort.

»In Ordnung. Du kannst wieder zum Unterricht kommen.«

»Gut.«

»Und jetzt ab mit dir, sonst verpasst du noch die ganze Englischstunde«, sagte ich mit einem Lächeln.

»Ja.«

Er räumte den Stuhl zurück auf den Tisch und ging zur Tür. Mit einer Hand auf der Klinke drehte er sich noch mal um.

»Und was ist mit der Theater-AG?«

»Da darfst du auch mitmachen.«

Er sagte nichts, lächelte nur. Während ich ihm nachsah, hatte ich das Gefühl, dass er den Kopf ein Stück höher trug und seine Schritte leichter waren.

Unterricht

»Madame, was machen wir heute?«

»Französisch. Heute ist die letzte Stunde, in der ihr euren Text fertigschreiben könnt. Du warst doch schon bei der Reinschrift, oder?«

»Ja, ich bin fast fertig.«

Noch bevor es zum Unterricht klingelte, machte sich die Schülerin an die Arbeit. Sie öffnete das Heft mit der Aufschrift *Wettbewerb für indigene Kunst – kreatives Schreiben*, nahm ihren blauen Kugelschreiber und begann zu schreiben. Ihr Titel: *Brief an meinen Sohn.*

Theater

Die Frage, die mich beschäftigte, war so dringend wie heikel. Welche meiner Schülerinnen würde jetzt die Chimene spielen? Zwei Wochen waren vergangen, und Myriam war noch nicht wieder aufgetaucht. Ich verstand sehr gut, warum sie nicht zur Schule kam, und hätte sie niemals dafür verurteilt. Wenn man in dem Alter eine Schwester verlor, war das, als verlöre man einen Arm. Man weiß nicht mehr, wie man sich bewegen soll, wie man Theater spielen soll, wie man das Gleichgewicht halten soll. Man hat keine Lust mehr zu tanzen, andere zum Lachen zu bringen, sein Kind in den Schlaf zu wiegen. Denn Myriam war auch Mutter. Ihr kleiner Sohn war knapp ein Jahr alt. Im Sommer hatte sie eine Vereinbarung mit ihrer Schwiegermutter getroffen, um weiter zur Schule gehen zu können. Nach dem Unterricht war ihr Tag erst zu Ende, wenn ihr Sohn im Bett war, die Wohnung aufgeräumt, und Dutzende von winzigen Schlafanzügen gewaschen und gefaltet im Schrank lagen. Myriam war siebzehn. Trotzdem war sie seit Beginn des Schuljahres vor nichts zurückgeschreckt, vor keiner langen schriftlichen Hausarbeit, vor keinem Roman, den ich der Klasse zu lesen aufgab. Natürlich kam auch sie mir manchmal mit der Ausrede, ihr Sohn sei krank, so wie alle Mädchen in meiner Klasse, die Mütter waren, aber sie fragte mich hinterher immer, welchen Stoff sie nachholen sollte. Deshalb hatte ich zugestimmt, als sie mich gefragt hatte, ob sie die Chimene spielen dürfe, obwohl das eine Rolle mit sehr viel Text war. Myriam war zuverlässig.

Doch dann war ihre Welt aus den Fugen geraten. Von heute auf morgen war sie nicht mehr die zweitälteste, sondern die älteste Schwester. Ihre Mutter erwartete, dass sie sich um ihre

Geschwister kümmerte. Das musste schwer sein. Sie trösten. Ihnen sagen, dass Marithée zwar nicht mehr hier war, dass sie jetzt aber an einem Ort war, da oben im blauen Himmel, an dem es keine Tränen und keinen Schmerz gab. Wenn ich an meine junge Schülerin und an die Last auf ihren schmalen Schultern dachte, blutete mir das Herz. Aber ich musste auch an die anderen denken. An meine Theatertruppe. Marc, Mikuan, Caro, Steeve, Shiukan und natürlich Rodrigo. Sie legten sich mächtig ins Zeug, das durfte ich nicht vergessen. Sie gaben sich große Mühe mit dem Text. Sie konzentrierten sich und versuchten, nicht über die komplizierten Wörter zu stolpern. Ich durfte das Theaterstück nicht gefährden.

*

Die Proben liefen seit einem Monat. Ich richtete das Klassenzimmer jedes Mal anders her, je nachdem, was auf dem Programm stand: Einstudieren des Textes, Stimmübungen, Ideenfindung für Kostüme und Kulissen.

Die Schüler waren nacheinander eingetrudelt. Als die Klingel läutete, kamen die Letzten schnell noch durch die Tür gehuscht. Die anderen saßen bereits auf Stühlen im Kreis, bereit für die Lektüre des Stücks. Marc kam zur mir und fragte: »Proben wir heute wieder ohne Myriam?«

»Genau darüber wollte ich mit euch sprechen.«

»Über was?«

»Darüber, wer ihre Rolle übernimmt. Lass mich nur schnell die Anwesenheitsliste durchgehen, dann reden wir mit der ganzen Gruppe darüber.«

Ich holte tief Luft. Wie hatten die Schüler das erraten? Hatten sie vielleicht dieselben Bedenken wie ich? Aber was blieb mir anderes übrig, als Myriams Rolle neu zu vergeben? Ich ging nicht davon aus, dass sie in nächster Zeit die Kraft haben würde, sich einzubringen. Die Schüler verstummten, sobald ich mich zu ihnen in den Kreis setzte.

»Also, ich habe nachgedacht. Ich finde, wir sollten gemeinsam überlegen, wer Myriams Rolle übernimmt.«

Man hätte eine Stecknadel zu Boden fallen hören können. Ihre Meinung interessierte mich. Es war nicht allein meine Entscheidung. Die Schüler engagierten sich für das Stück, sowohl im Unterricht als auch in ihrer Freizeit. Das wusste ich. Bei den Proben kannte sie Passagen auswendig, die wir noch gar nicht durchgenommen hatten. Sie fragten mich auch nicht mehr nach der Bedeutung von Wörtern, die sie nicht verstanden. Stattdessen erklärten sie sich unbekannte Wörter gegenseitig. Das berührte mich sehr.

»Ich weiß, dass es eine schreckliche Situation ist. Glaubt mir, ich will Myriam nicht wehtun. Das ist wirklich das Letzte, was ich will.«

»Warum tust du es dann?«, regte sich Patrick auf, mein Regieassistent.

»So siehst du das also?«

»Ja.«

Er warf mir einen finsteren Blick zu. Er, der in den letzten Wochen so viel Spaß daran gehabt hatte, die Duelle und die legendäre Ohrfeigenszene zu choreografieren, sorgte jetzt dafür, dass ich mich ganz klein fühlte.

»Was würdet ihr denn tun?«

»Ich glaube, Myriam kommt bald wieder zu den Proben«, sagte Mikuan ruhig.

»Ich auch«, pflichtete Marc ihr bei.

»Ja«, warf Caro ein, »wir warten einfach, bis sie wieder da ist. Und bis dahin proben wir die Szenen, an denen wir bisher gearbeitet haben. Und kümmern uns um die Kulissen und die Kostüme.«

»Ja, das wäre eine Möglichkeit«, sagte ich halbherzig.

Die Schüler nickten zustimmend.

»Aber ich muss gestehen, dass ich Bedenken habe. Ich habe Angst, dass uns am Ende nicht genug Zeit bleibt. Der Text ist wirklich schwer.«

»Das macht nichts, Madame. Wir schaffen das schon.«

»Genau! Wir proben einfach schon mal alle Szenen, in denen Chimene nicht vorkommt«, sagte Patrick.

»Das ist keine schlechte Idee. Ja, so könnten wir es machen«, antwortete ich zögernd.

Bevor ich die Diskussion beendete, wagte ich noch einen letzten Vorstoß.

»Aber was, wenn Myriam bis zum Ende des Schuljahres nicht wiederkommt?«

»Sie kommt wieder. Wir müssen ihr nur Zeit geben. Sie will doch bestimmt nicht die Klasse wiederholen, also echt.«

Ich räusperte mich.

»Also gut. Dann warten wir auf sie.«

*

An diesem Tag bewunderte ich nicht mal so sehr ihre Solidarität mit Myriam als vielmehr ihre Unbeirrbarkeit. Eine ihrer Freundinnen machte eine schwere Zeit durch, vielleicht die schwerste ihres Lebens, und sie verloren nicht den Glauben an sie. Sie waren überzeugt, dass Myriam die Krise überstehen würde. Dass sie das, was sie angefangen hatte, zu Ende bringen würde. Nicht aus Gutgläubigkeit. Diese Jugendlichen waren alles andere als naiv. Sie kannten das Leben und den Tod, den Schmerz und das Glück. Woher hatten sie diese innere Stärke? Ich spürte ein seltsames Ziehen im Bauch. Die Schüler waren mir in diesem Moment moralisch überlegen, und irgendwann würde ich das eingestehen und ihnen sagen müssen, wie sehr ich sie dafür bewunderte. Aber noch nicht jetzt.

Stanley

Eines Abends stand er mit einem Châteauneuf-du-Pape vor der Tür. Er wollte mich wohl beeindrucken. Als die Flasche leer war, entkorkte er grinsend eine zweite.

Ich hatte niemandem von unserer Beziehung erzählt. Aus Stolz. Ich konnte mir nicht vorstellen, mit ihm bei meiner Mutter im Wohnzimmer zu sitzen und darüber zu plaudern, dass der Sommer in diesem Jahr kühl war. Oder ihn meinen Freundinnen in Québec-Stadt vorzustellen. Er hatte einen schlechten Ruf, er war der Bad Boy des Reservats. Er hatte keinen Schulabschluss, keinen Job, nicht mal einen Führerschein. Er spielte Gitarre und war Vater von drei Kindern, die er fast nie sah. Dazu kamen Alkohol, Drogen und damit zusammenhängende Probleme. Seine Attitüde zog mich an, ohne dass ich etwas dagegen tun konnte. Ich mochte seinen Sarkasmus und dass er sich einen Dreck darum scherte, was andere von ihm hielten. Seine Überheblichkeit und dass er sich nichts verbieten ließ. Seine Art mich zu küssen und wie er dabei mein Gesicht in beide Hände nahm.

»In zwei Wochen habe ich meinen nächsten Auftritt. Hast du Lust mitzukommen?«

»Wo denn?«

»In Natashquan.«

»Ah …«

Er rauchte am offenen Fenster, was den Rauch nicht daran hinderte, sich im Zimmer auszubreiten. Ich bat ihn, mich einmal ziehen zu lassen. Ich war bei meinem fünften Glas Wein. Er schmeckte gut.

»Ich weiß nicht. Ich will dich nicht stören.«

»Du störst nicht. Ich werde dich auf Händen tragen, wart's nur ab.«

Ich musste lachen.

»Mit wem fährst du denn?«

»Mit meinem Drummer und meinem Bassisten.«

»Ah …«

Ich dachte ein paar Sekunden lang nach. Stellte mir vor, wie ich in einem Dorf, wo ich niemanden kannte, backstage herumstand. Ein einsames Groupie inmitten einer aufgekratzten, lauten Menschenmenge. Wie Rosie in dem Chanson von Francis Cabrel.

»Ich weiß nicht …«

»Wovor hast du Angst?«

»Ich hab nicht gesagt, dass ich Angst habe. Ich hab einfach nur keine Lust, mit dir und deinen Kumpels nach Natashquan zu fahren, wo ich niemanden kenne.«

Ich kniff die Lippen zusammen.

»Mhm.«

Er wirkte enttäuscht.

»Außerdem wäre es komisch, wenn man uns zusammen sehen würde, als wären wir ein Paar«, sagte ich und rückte ein Stück näher an ihn heran.

»Du hast recht.«

Ich leerte mein Glas in einem Zug. Irgendwie war ich auch enttäuscht. Wahrscheinlich war er ebenfalls nicht gerade scharf darauf, mit mir bei seinen Eltern im Wohnzimmer zu sitzen. Plötzlich nervten mich die leeren Flaschen und der Abspann, der im Fernsehen lief. Ich legte meine Füße auf seinen Schoß.

»Gehen wir ins Bett?«

»Ich bin dabei.«

DIE DINGE, DIE ICH NICHT ÄNDERN KANN

Im Büro des Direktors

Am letzten Arbeitstag vor den Frühjahrsferien saß ich im Lehrerzimmer, korrigierte Klausuren und rechnete Noten für die Trimesterzeugnisse aus. Einige Schüler überraschten mich, sie übertrafen meine Erwartungen im Schriftlichen um ein Vielfaches. Andere hatten noch Schwierigkeiten, nicht so sehr mit dem Inhalt und dem Aufbau ihrer Texte – sie zeichneten sich sogar durch einen verblüffend großen Wortschatz aus –, dafür aber mit der verflixten Grammatik mit ihren tausend Ausnahmen. Der Satzbau war auch nicht ganz auf der Höhe. Kurz gesagt, sie hatten Fortschritte gemacht, aber das letzte Wegstück würde das schwerste werden.

Die Schüler hatten an diesem Tag schon frei, und so war es sehr ruhig im Lehrerzimmer. Irgendwann kam der Direktor herein und bat mich, ihm in sein Büro zu folgen. Er schien es eilig zu haben, denn er machte auf dem Absatz kehrt, sobald ich aufstand. In seinem Büro setzte ich mich ihm gegenüber, und er murmelte eine Begrüßung, während er in Unterrichtsplänen blätterte.

»Yammie, spricht irgendwas dagegen, dass ich dich mit den Schülern auf Klassenfahrt schicke?«

Das hörte sich nicht nach einer Frage an. Ich hatte keine Ahnung, wie ich dem Direktor beibringen sollte, dass nicht nur ein Grund dagegensprach, sondern gleich mehrere: Erstens musste ich weiter mit der Theater-AG proben und wir brauchten jede einzelne Stunde, vor allem, weil die Schüler das Deklamieren der Verse noch nicht richtig beherrschten. Zweitens nahm der Bau der Kulissen schrecklich viel Zeit in Anspruch. Deshalb hatte ich die Klasse in zwei Gruppen aufgeteilt, Schauspieler und Bühnenbildner. Aber weil ich mich nicht zweiteilen konnte und ständig zwischen beiden Gruppen hin- und herlaufen musste, verlangsamte sich das Einstudieren des Textes. Die Schüler hatten noch nie Theater gespielt, und obwohl ich genauso wenig Erfahrung hatte wie sie, musste ich jede Entscheidung absegnen, sonst weigerten sie sich weiterzumachen. Drittens war es nicht mehr lang bis zu den Abschlussklausuren, und ich hatte keinen blassen Schimmer, wie ich meine Elftklässler dazu bringen sollte, einen Text von fünfhundert Wörtern zu verfassen, der maximal zwanzig Fehler enthielt. Andererseits liebte ich die Natur und wäre unheimlich gern zum ersten Mal im Leben Zug gefahren. Aber ich konnte auf keinen Fall eine ganze Woche Unterricht ausfallen lassen. Das war undenkbar.

Als ich nicht antwortete, sondern ihn nur ratlos ansah, fuhr der Direktor fort: »Es tut mir leid, dass ich dich damit quasi in letzter Minute überfalle. Die Klassenfahrt ist für die Woche nach den Frühjahrsferien angesetzt, und die Lehrerin, die eigentlich als Begleitperson mitfahren sollte, ist verhindert. Und ich weiß, was für eine gute Beziehung du zu den Schülern hast …«

»Das schon. Ich würde ja auch gern fahren, aber …«

Er fiel mir ins Wort: »Ich brauche dich wirklich als Begleitperson, Yammie. Ich weiß, dass du mit dem Theaterstück alle Hände voll zu tun hast, aber ich kann nicht einfach irgendwen mit den Schülern auf Klassenfahrt schicken, verstehst du.«

Er schmeichelte mir. Und seine Taktik ging auf. Ich lächelte und legte den Kopf in den Nacken.

»Na gut, ich bin dabei.«

»Wunderbar.«

Er reichte mir einen Zettel, auf dem die Abfahrtszeit des Zuges und weitere wichtige Informationen standen. Dann verließ ich sein Büro. Ich hatte einen Tag Zeit, den Vertretungsunterricht für eine ganze Woche vorzubereiten, die Klausuren zu Ende zu korrigieren und die Zeugnisse auszufüllen und auszudrucken. Ich hatte das leise Gefühl, dass ich mich hatte über den Tisch ziehen lassen.

Der Zug

Morgens um Viertel nach sieben war ich am Bahnhof. Ein paar Schüler standen schon mit ihrem Gepäck vor dem Eingang. Sie trugen dicke Winterjacken und handgestrickte bunte Mützen, abgewetzte Schneehosen und Mokassinstiefel. Bei ihrem Anblick wurde mir klar, dass sie genau wussten, wohin es ging: an einen Ort, an dem es Anfang März noch eiskalt war, einen Ort, an dem man sich warm anziehen musste.

»Madame, wir warten schon seit einer halben Stunde auf dich. Wir müssen früh auf dem Bahnsteig sein, damit wir gute Plätze kriegen.«

»Ich komme ja schon.«

Jetzt bereute ich, dass ich so viel Zeit damit verschwendet hatte, mich zu schminken und ein sportliches T-Shirt und einen Wollpulli auszusuchen, die lässig wirken sollten.

Auf dem Bahnsteig, hinter der Absperrung, die die Reisenden von den Zurückbleibenden trennte, rauchte ich eine Zigarette nach der anderen. Seit ein paar Jahren durfte man im Zug nicht mehr rauchen.

»Schnell, Madame, eine schaffst du noch!«, sagte Marc grinsend.

Ich lachte, obwohl er indirekt meine schlechte Angewohnheit kritisiert hatte. Doch da wir erst am späten Nachmittag ankommen würden, musste ich tatsächlich genug Nikotin für die Fahrt tanken.

Wir würden sechs Tage lang in der Wildnis bleiben. Meine einzige Befürchtung war, dass die Jugendlichen sich langweilen würden. Sie waren es gewohnt, ständig mit ihren Smartphones und Laptops im Internet zu sein und ihre Lieblingsserien zu gucken, und es würde ihnen bestimmt schwerfallen, darauf zu verzichten. Dort draußen gab es keinen Strom und kein Handynetz. Ich hatte schon viel von Nutshimit gehört, und ich hatte es mir oft vorgestellt. Unberührte Natur, so weit das Auge reicht. In allen vier Himmelsrichtungen. Wind, Kälte, Weite, Stille. Zum ersten Mal im Leben würde ich das Land meiner Vorfahren betreten.

Wir reisten von Sept-Îles aus 250 Kilometer gen Norden. Die kurvenreiche Bahnstrecke führte durch Gebirge und über Flüsse. Der Zug fuhr nicht schneller als fünfzig Stundenkilometer. Ich saß am Fenster und bewunderte den Schnee auf den hohen Fichten, die riesigen zugefrorenen Seen, die Berge am Horizont. Zwischen Abfahrt und Ankunft hielt der Zug mehrmals auf freier Strecke. Ich erfuhr, dass es dort immer irgendwo ein Jagdgebiet oder eine Hütte gab, weil viele Familien regelmäßig für ein, zwei Wochen in die Wildnis zogen. Die Orte waren auf keiner Landkarte eingezeichnet. Trotzdem hatten sie einen Namen und eine Geschichte.

Gegen drei Uhr erreichten wir Kilometer 262. Die Sonne glitzerte auf dem Schnee. Eine gleißend weiße Fläche. Ein hagerer alter Mann ohne Zähne holte uns ab, er saß auf einem Schneemobil mit Anhänger. In der Ferne zeichnete sich eine Hütte ab. Er erklärte, dass es insgesamt drei Hütten gebe und er mehrmals hin- und herfahren werde. Diejenigen, die es am eiligsten hatten, fuhren beim ersten Mal mit. Ich rauchte erst mal eine Zigarette. Als ich sah, wie meine Schüler die kleinen und großen Gepäckstücke auf den Anhänger luden, ihre Sonnenbrillen aufsetzen, fröhlich in der Kälte hin- und herliefen und unbekümmert lachten, begriff ich, dass wir eine andere Welt betreten hatten.

Nutshimit

Unsere Gastgeber hießen Anne-Marie und Jean-Guy. Ein ruhiges, freundliches Paar, einfache, ehrliche Leute. Sie waren perfekt aufeinander eingespielt, sie verstanden sich ohne viele Worte. Jean-Guy faszinierte mich. Vom Frühjahr bis zum Herbst arbeitete er als Hausmeister in einer Eisenmine in Fermont, im Winter, wenn die Mine geschlossen war, verbrachte er die Monate der Arbeitslosigkeit hier draußen in Dolliver. Ein Innu, der das Leben eines Innu lebte. Wenn er seinen schweren handgenähten, mit Perlen bestickten Parka anzog. Wenn er sich das Gewehr umhängte und mit dem Schneemobil über Wege raste, die unter meterhohem Schnee begraben waren. Wenn er mehrere Kilometer von seiner Hütte entfernt Schlingen auslegte, im Vertrauen auf die Natur. Ich konnte nicht sagen, was an diesem Mann mich so sehr berührte. War es seine körperliche Kraft, obwohl er auf den ersten Blick alles andere als muskulös wirkte? War es die Ruhe, die er ausstrahlte, wenn wir über zugefrorene Seen fuhren und die Kufen des Schneemobils beunruhigend tief in die tauende Eisfläche einsanken? War es der Tonfall seiner Stimme, wenn er seine Frau um einen heißen Tee bat? Oder die Art, wie sie Zucker hineinrührte und ihm die Tasse reichte? Oder war es die Sprache der Wildnis, Innu-Aimun, unsere Sprache, in der er von der Lebensweise unserer Vorfahren erzählte? Eine alte Sprache, die noch fremder war als dieser Ort. Wir saßen da und hörten gebannt zu, wie er uns mit seinen Worten eine ganze Welt eröffnete.

Einige Schüler kannten das Leben in der Natur. Sie hatten das Land unserer Ahnen schon früher mit ihren Familien besucht. Sie brachten mir bei, wie man ein Gewehr hält und auf den Kopf eines Schneehuhns zielt, wie man sich anzieht, um keine kalten Füße zu bekommen, und wie schön es sein kann, sich abends in der Mädchenhütte bei Kerzenschein aus seinem Leben zu erzählen, jede in ihr Bett gekuschelt.

Die Schüler hörten irgendwann auf, mich »Madame« zu nennen, ohne dass es mir auffiel. Sie sagten: »Yammie, weißt du, was vorhin passiert ist?«, oder: »Yammie, komm mal mit, das musst du dir ansehen, das ist so lustig«, oder: »Yammie, warum hast du keinen Freund?«

Wir befanden uns in einer anderen Welt, weit weg von Schulbüchern und Klausuren. Weit weg von den sozialen Medien und dem Klatsch im Reservat. Weit weg von allen Familiendramen und von dem Unglück, das sie mit sich brachten. Weiter weg als an allen anderen Orten, an denen ich je gewesen war. Und trotzdem waren wir ganz nah dran. Ganz nah dran an uns selbst.

Jean-Guy

Wir saßen in der großen Hütte um den Tisch herum, wo wir unsere Mahlzeiten einnahmen und die Abende verbrachten, und redeten über das, was am Vormittag passiert war. Zwei Mädchen und ich hatten einen Ausflug mit dem Schneemobil gemacht. Auf dem Rückweg kippte der Motorschlitten um und wir versanken im Tiefschnee. Wir erzählten von der Angst, der Kälte und der Erschöpfung in diesen Minuten, die uns wie eine halbe Ewigkeit vorgekommen waren. Dann hatten wir es geschafft, die schwere Maschine aufzurichten und zurück zur Hütte zu fahren. Noch während wir über unser Missgeschick lachten, ergriff Jean-Guy auf Innu das Wort und erzählte uns eine Geschichte.

»Vor vielen Jahren, als ich jung war, arbeitete ich als Wildnisführer für Weiße. Einmal engagierte mich ein Weißer, um mit ihm auf Karibujagd zu gehen. Wir flogen früh morgens los, von Sept-Îles. Er war der Pilot, wir waren nur zu zweit an Bord. Wir wollten in die Gegend nördlich von Schefferville.

Wir waren noch ziemlich weit von unserem Ziel entfernt, als es plötzlich irgendwelche Probleme mit dem Motor gab, ich habe nie ganz verstanden, welche, obwohl mein Begleiter mehrmals versucht hat, es mir zu erklären. Jedenfalls mussten wir mitten in der Wildnis notlanden. Als ich merkte, dass wir abstürzten, klammerte ich mich an den Vordersitz, kniff die Augen zusammen und sprach ein Gebet. Ich dachte, mein letztes Stündlein hätte geschlagen.

Zum Glück blieben wir bei der Notlandung unverletzt, und es gelang uns, das Flugzeug zu verlassen. Mein Instinkt sagte mir, dass wir als Erstes Feuer machen mussten. Anschließend würde ich mit dem Bau eines Unterschlupfs beginnen. Ich musste mich beeilen, um vor Einbruch der Nacht fertigzuwerden. Nachdem wir den Absturz überlebt hatten, war die Kälte unser schlimmster Feind. Der Pilot warf mir einen entschuldigenden Blick zu und kletterte zurück ins Flugzeug, um das Funkgerät zu reparieren. Ich sah genau, dass er keine Ahnung hatte, aber ich ließ ihn machen. Ich sammelte Tannen- und Fichtenzweige, schichtete sie zu einem großen Haufen und entzündete ein Feuer. Dann schmolz ich Schnee in einem Topf. Wir hatten Vorräte für einige Tage. Kekse, zwei Flaschen Wasser, Dosenbohnen, Erbsensuppe. Warme Decken und Gewehre.

Es wurde schnell dunkel, es war Februar. Das Flugzeug war in der Nähe eines Sees abgestürzt. Ich baute unseren Unterschlupf zwischen Bäumen, die uns vor Tshiuetin, dem Nordwind, schützten. Von dort blickte man auf den zugefrorenen See. Mein Jagdpartner entschuldigte sich zum wiederholten Mal und schlief dann ein. Er schlummerte tief und fest.

Am nächsten Morgen wachte ich früh auf. Ich war in der Nacht mehrmals aufgestanden, aus Angst, das Feuer könnte ausgehen und wir würden erfrieren. Im Morgengrauen, als der Himmel noch ganz blass war, sah ich etwa zehn Meter entfernt eine Karibukuh mit ihrem Kalb. Ich packte ein Gewehr und schoss auf das Junge. Die Mutter ergriff die Flucht, und der Pilot schreckte aus dem Schlaf. Wir schleppten das Karibujunge zu unterem Unterschlupf, und ich begann es zu häuten und zu zerteilen. Dabei dankte ich Tshishe-Manitu, dass er dafür gesorgt hatte, dass wir mindestens zwei Wochen überleben würden.

Eine Woche verging ohne Kontakt zur Außenwelt. Jeden Tag verbesserte ich die Isolierung unseres Unterschlupfs, hackte Holz, jagte Kleinwild. Jeden Tag nahm ich einen anderen Weg durch den Wald. Ich hoffte, auf eine Jagdhütte oder Eisenbahngleise zu stoßen. Die Tage zogen sich in die Länge, und unsere Überlebenschancen schwanden.

Eines Morgens hörten wir einen Hubschrauber über unseren Köpfen. Der Pilot rannte zu seinem Funkgerät. Er hatte mir erklärt, dass er Kurzwellen empfangen könne, und so hörten wir die Nachricht der Rettungskräfte. Sie fragten, ob wir verletzt seien. Der Weiße verneinte. Sie fragten, ob wir Hunger oder Durst hätten. Der Weiße verneinte. Dann fragten sie, wie lange wir noch in der Wildnis überleben könnten. Der Weiße antwortete, wir könnten problemlos noch einen Tag durchhalten. Da stürzte ich mich auf ihn und brüllte: ›Sie müssen uns retten! Jetzt sofort!‹ Es fehlte nicht viel, und ich hätte ihn erwürgt!«

Jean-Guy klopfte sich lachend auf die Schenkel.

»Wir könnten noch einen Tag durchhalten! War der Typ lebensmüde oder was?«

Alle am Tisch brachen in lautes Gelächter aus.

»Jean-Guy?«

»Ja?«, sagte er und wischte sich die Tränen aus dem Gesicht.

»Ich würde deine Geschichte gern aufschreiben, wenn du nichts dagegen hast. Und sie vielleicht für ein Buch verwenden.«

»Ja, kein Problem. Mach, wie du meinst.«

Shaputuan

Am Abend vor der Abreise versammelten wir uns in dem großen Zelt neben der Mädchenhütte. Ein paar Schülerinnen und Schüler hatten den ganzen Nachmittag Tannenzweige gesammelt. Jean-Guy entzündete in dem gusseiseren Ofen in der Mitte des Zeltes ein Feuer. Zwei Schüler legten ihre Matratzen neben den Ofen, weil sie hier übernachten wollten. Draußen waren es unter minus dreißig Grad, aber im Shaputuan war es gemütlich warm. Wir saßen zu fünfzehnt um den Ofen herum und aßen Chips und Schokolade, die ich für den letzten Tag aufbewahrt hatte. Ich dachte an Nicolas. Ich wusste, dass es ihm hier gefallen hätte. Er liebte solche Orte. Einfachheit, Weite, Frieden. Meine Schüler strahlten eine ungewöhnliche Gelassenheit aus.

»Wisst ihr, was ich gerade denke? Das ist unsere letzte Nacht. Ich frage mich, was euch hier draußen gefehlt hat? Was vermisst ihr am meisten von eurem Leben in der Stadt?«

»Meine Kinder!«, rief Maya fröhlich.

»Mein Bett«, warf Patrick ein.

»Meinen Sohn«, sagte Mikuan seufzend.

»Eine Poutine! Pommes mit Käse und Bratensoße, yeah!«

Alle lachten.

»Und du, Yammie?«

»Erst müsst ihr mir versprechen, dass ihr es nicht weitererzählt.«

»Natürlich nicht!«

»Meinen Exfreund. Er heißt Nicolas. Ich hätte ihm gern gezeigt, wie schön es hier draußen ist.«

»Oohh, du Arme«, bedauerten mich die Schüler. Ich lächelte tapfer.

»Und du, Marc?«

Er hatte noch nichts gesagt.

»Weiß nicht. Kommt drauf an. Wollt ihr was Lustiges oder was Trauriges hören?«

»Wir wollen die Wahrheit hören«, sagte ich.

Er schwieg mehrere Sekunden lang.

»Ich vermisse meine Mutter«, murmelte er schließlich mit gesenktem Kopf.

Stille trat ein. Eins war klar: Zu Hause würde uns die Realität einholen. Das Leben würde mit ihr weitergehen müssen. Mit der Einsamkeit, den schweren Zeiten, dem Tod, den schönen Momenten. Wir mussten lernen, die Dinge, die wir nicht ändern können, zu akzeptieren. Diese Woche in der Einsamkeit der Natur hatte uns das Gefühl gegeben, unbesiegbar zu sein. Hier draußen war das Leben leichter, und diese Leichtigkeit wollten wir uns bewahren. Eine Schülerin sagte lachend, sie gehe nicht zurück nach Uashat, wir sollten ihre Kinder in den Zug setzen und hierher schicken. Ihr Ex-Freund würde sicher mitkommen. Sie würden als die Familie bekannt werden, die in der Wildnis lebt. Wir spannen die Geschichte weiter, malten uns aus, wie sie durch die Wälder streifen würden, versprachen, per Zug Essen zu schicken. In den letzten Tagen hatten wir alles miteinander geteilt. Jede verrückte Idee. Waren gemeinsam im Morgengrauen aufgewacht. Der Abschied fiel uns schwer.

Als wir aus dem Zelt traten, um zu unseren Hütten zu gehen, leuchteten uns ein kreisrunder Mond und Abermillionen von Sternen den Weg.

Theater

Am Montag nach der Klassenfahrt kam Myriam wieder zur Probe. Genau wie es die anderen vorhergesagt hatten. Auch wenn sie nur selten lachte, den Kopf hängen ließ und zwischendurch geistesabwesend wirkte. Sie sagte nicht viel. Und wir stellten keine Fragen. Anscheinend hatte sie trotzdem das Gefühl, sie müsse ihre Rückkehr erklären, denn das Einzige, was sie erzählte, war, dass sie jeden Abend, wenn ihr Sohn im Bett war, den Text gelernt hatte, mit Hilfe ihres Freundes, der ihr das Stichwort gab. Ohne jedes Selbstmitleid sagte sie, das sei in den letzten Wochen das Einzige gewesen, das ihr ein wenig geholfen habe. Ihretwegen war die ganze Truppe mit neuem Schwung bei der Probe dabei, und ich konnte ein wenig durchatmen.

Rodrigo hatte immer noch keine Rolle. Er packte überall mit an, ohne klare Aufgabe. Da die Aufführung näher rückte, nahm ich ihn beiseite.

»Ich glaube, ich habe da was für dich.«

»Was denn?«

»Die Rollen sind leider schon alle vergeben, aber du könntest unser Souffleur sein.«

»Was ist das?«

»Der Souffleur ist derjenige, der den Schauspielern mit dem Text hilft. Er ist in der Nähe der Bühne versteckt und flüstert den Schauspielern ihre Sätze zu, wenn sie nicht mehr weiterwissen.«

»Okay …«

»Wir brauchen wirklich einen Souffleur. Der Text ist sehr schwierig, und ohne Souffleur werden die Schauspieler es unmöglich schaffen, sich an alles zu erinnern.«

»Okay …«

»Hättest du lieber eine Sprechrolle übernommen?«

»Weiß nicht.«

Ich hörte die Enttäuschung in seiner Stimme.

»Denk dran, nächstes Jahr spielen wir wahrscheinlich wieder Theater. Jedenfalls, wenn alles gut geht und wir es schaffen, dieses Stück auf die Bühne zu bringen …«

»Ja.«

»Also, was sagst du?«

»Gut. Dann bin ich eben der Souffleur.«

Theater

Alle freuten sich auf die erste Kostümprobe. Caros Mutter hatte die Kleider der Mädchen genäht. Sie waren schlicht und geschmackvoll. Rüschen am Ausschnitt und an den Ärmeln. Reifröcke. Königliche Farben, weinrot, golden, weiß. Mit langen Perlenketten, weißen Handschuhen und viel zu viel Schminke würden die Mädchen aussehen wie echte Adelige. Für die Jungen gingen wir in einen Kostümverleih. Wir hatten keine Ahnung, wie sich junge Spanier im siebzehnten Jahrhundert gekleidet hatten, aber wir wollten, dass alles so authentisch wie möglich aussah. Das hatten wir nach langen Diskussionen beschlossen. In dem kleinen Laden suchten sich die Jungs mittelalterliche Rittergewänder aus. Ich wollte unbedingt, dass sie weißgelockte Perücken trugen. Leider konnte ich sie nicht überzeugen, aber immerhin versprachen sie, ihr schwarzes Haar mit Gel zurückzukämmen und sich einen Schnurrbart aufzumalen.

Tatsächlich halfen die Kostüme den Schülern, sich in ihre Rollen einzufinden. Sie sprachen jetzt fast alle mit aristokratischem Akzent, dem Akzent einer untergegangenen europäischen Epoche. Weiß der Himmel, wo sie den herhatten. Mein Plan ging auf. Jetzt galt es nur noch, die lustigen Aspekte der Tragödie herauszuarbeiten.

Körper

Frustriert stellte ich fest, dass ich zugenommen hatte. Ich war nie besonders schlank oder athletisch gewesen, aber immer mit meiner Silhouette zufrieden. Offenbar hatten sich die reichhaltigen Mahlzeiten, die Anne-Marie für uns gekocht hatte, an meinem Bauch und meinen Hüften abgesetzt. Ich gab der frischen Luft und den langen Wanderungen durch die Wildnis Schuld daran, dass ich das Essen unserer Gastgeberin mit unbändigem Appetit verschlungen hatte. Ich dachte darüber nach, wie ich die überflüssigen Pfunde loswerden konnte. Sport treiben. Abends keine Chips mehr essen. Oder ein bisschen von beiden, ohne es zu übertreiben.

Plötzlich begann ich zurückzurechnen. Mein Herz raste. Eine Woche Klassenfahrt, eine Woche Frühjahrsferien, zehn Tage Klausuren am Trimesterende, das Gespräch mit Rodrigo, Myriams Rückkehr, Stanleys Besuch. Mir wurde übel. Ich warf eine Jacke über und lief zur Apotheke. Nicht zu der im Reservat, sondern zu einer weiter entfernten, wo ich mit Sicherheit niemandem begegnen würde, den ich kannte.

Schlag ins Gesicht

Es war Viertel vor zwölf. An einem Samstag. Zum ersten Mal seit Monaten wehte nur ein leichter Wind, und die Temperaturen waren mild. Die Sonne schien vor einem tiefblauen Himmel. So ein Blau hatte ich in Québec-Stadt nur selten gesehen. Ein Blau ohne Wolken, ohne Smog. Ich lag nackt in der Badewanne, eingesperrt in meinen eigenen vier Wänden, und weinte hemmungslos. Wie hatte ich nur so dumm sein können? So unvorsichtig? So leichtfertig? Was hatte ich Gott getan, um das zu verdienen? Und warum Stanley? Warum nicht Nicolas? Warum nicht, bevor ich ganz allein dastand. Warum nicht, als Nicolas versprach, mir ein Haus in einem Vorort von Québec-Stadt zu kaufen, am Ufer des Sankt-Lorenz-Stroms? Warum in meinem ersten Jahr als Lehrerin? Warum hatte sich dieses Ding in meinem Bauch eingenistet? Warum konnte es nicht einfach wieder verschwinden? Und niemand, mit dem ich reden konnte. Ich schloss die Augen und tauchte den Kopf unter. Hielt den Atem an.

In mir drin war etwas Schweres, Störendes, das wehtat. Mein Herz raste, ich schmeckte Tränen auf der Zunge, und dann war da wieder dieser Schmerz. Stechend.

Der Moment, wenn der Verstand zersplittert. Ein Schlag. Mitten ins Gesicht. Mitten am Tag. Zusammenbruch.

Unterricht

Die nächste Woche überstand ich nur mit knapper Not. Verloren zwischen meiner Verantwortung und dem Drang, alles hinzuschmeißen. Mir war ständig schlecht, und die Übelkeit erinnerte mich an meine Schwangerschaft und meine Angst vor der Schwangerschaft. Ich war fest entschlossen, niemandem davon zu erzählen, und hatte ständig einen Kloß im Hals. Am schlimmsten war, dass ich nicht einmal ein paar Gläser Wein trinken konnte, um alles zu vergessen. Ich antwortete nicht auf die SMS, die Stanley mir schickte. Meine ganze Wut richtete sich gegen ihn. Alles war seine Schuld. Ich trug die Frucht unserer gedankenlosen Beziehung im Leib, einer Beziehung ohne jede Zukunft. Ich war stinksauer auf ihn, weil er so war, wie er war. Noch verantwortungsloser als ich. Verabscheuenswürdig. Bindungsgestört.

Der Unterricht zog sich in die Länge. Die Schüler verstanden meine fehlende Begeisterung, meine lustlosen Bemerkungen, mein Schweigen nicht. Wie ich taten sie so, als wäre alles wie immer. Sie stellten keine Fragen. Spürten sie, dass in meinem Inneren ein Sturm tobte? Dass er beim kleinsten Vergehen über sie hereinbrechen würde? Mir schossen Tränen in die Augen, wenn sie leise miteinander flüsterten, sich wegen jeder Kleinigkeit entschuldigten, sich nicht über meine Geistesabwesenheit beschwerten.

Ich hatte beschlossen, niemandem etwas zu sagen, bis ich selbst mehr Klarheit hatte. Gott weiß, wann das sein würde. Mein erster Impuls war, Nicolas anzurufen. Vielleicht war aus drei Jahren Beziehung ja etwas Mitgefühl übriggeblieben. Ein überwältigendes Bedürfnis nach Trost. Und weit und breit keine Schulter zum Ausheulen. Abends lag ich stundenlang in der Badewanne. Verfluchte mein Leben. Dann kroch ich in mein kaltes, trockenes Bett. Todmüde und mit schwerem Kopf fiel ich in einen traumlosen Schlaf.

Mélina

Ich begegnete ihr in einer Pause auf dem Flur. Sie trug ihre Schultasche über der Schulter, die bis zum Rand mit Ordnern gefüllt war. Weil sie so klein war, sah es aus, als würde sie jeden Moment das Gleichgewicht verlieren. Sie wirkte niedergeschlagen. Mittlerweile hatte ich gelernt, diesen Zustand an meinen Schülern zu erkennen, eine Mischung aus schlechtem Gewissen und Enttäuschung.

»Mélina?«

»Hallo, Madame.«

»Alles in Ordnung?«

»Nicht wirklich. Ich geh nach Hause.«

»Warum?«

»Ich war gerade bei Monsieur Boulanger. Er hat gesagt, dass ich zu oft im Unterricht gefehlt habe. Er schickt mich nach Hause.«

»Oh, nein.«

»Doch.«

»Für wie lange?«

»Bis zum Ende des Schuljahrs, glaub ich …«

»Das darf doch nicht wahr sein!«

»Ist es aber.«

»Soll ich mal mit ihm reden?«

»Weiß nicht.«

»Ich rede gern mit ihm. Ist doch absurd, dass du das Jahr nicht beenden darfst.«

»Findest du?«

»Ich rede mit ihm. Ich kann ihn bestimmt überzeugen, dir noch eine Chance zu geben. Wenn du das wirklich willst.«

»Natürlich, Madame. Ist nur grad alles nicht so einfach … Aber ich will die Elfte auf jeden Fall beenden.«

»Gut. Du schaffst das schon. Und wenn du jemanden zum Reden brauchst, bin ich für dich da.«

Tatsächlich konnte ich den Direktor überzeugen, und so durfte sie am nächsten Tag wieder zum Unterricht kommen. Ich hatte ihm erklärt, dass sie eine der wenigen Schülerinnen war, die den Abschluss mit Sicherheit schaffen würden. Mélina musste allerdings versprechen, bis zum Ende des Schuljahres keine einzige Unterrichtsstunde mehr zu verpassen. Ein paar Tage lang war sie jeden Morgen pünktlich zur Stelle. Aber dann beschloss sie, die Schule abzubrechen. Ich habe nie erfahren, warum. Mélina, meine Sprachkünstlerin.

Ein paar Tage später schickte ich ihr eine Nachricht. Ich sagte, dass es nur wenige Menschen gebe, die so schreiben können wie sie. Dass sie ein Naturtalent sei. Dass ich wisse, wovon ich spreche. Ich behauptete, das beurteilen zu können. Egal, welchen Beruf sie ergreife, sie müsse unbedingt weiter schreiben. Ihre Antwort war kurz: *»Danke, Madame.«* Egoistischerweise empfand ich das als persönliches Scheitern.

Stanley

»Jetzt sag schon, was ist los? Willst du mich nicht mehr sehen?«

Ich hatte endlich einen seiner Anrufe angenommen. Aus vielen schlaflosen Nächten war die Illusion geboren, dass es ein Wir gab. Er und ich. Ich wollte mich an ihn kuscheln. Er sollte mir versprechen, dass alles gut werden würde. Vielleicht war er ja doch kein so schlechter Mensch. Vielleicht liebte er mich, und vielleicht würde auch ich ihn lieben können. Vielleicht würde er meine Hand halten, wer weiß.

»Ich bin traurig.«

»Warum?«

»Das kann ich dir nicht sagen.«

»Hab ich dir irgendwas getan?«

»Irgendwie schon.«

»Was denn?«

Ein langer, sehr langer Seufzer.

»Wenn du mich sehen willst, musst du nur was sagen. Ich finde schon jemanden, der mich zu dir fährt.«

»Nein. Ich will dich nicht sehen.«

»Okay.«

»…«

»Ich kapier einfach nicht, was mit dir los ist.«

»Ich bin schwanger.«

Schweigen.

»Äh … Von mir?«

»Ja …«

»Okay …«

Sehr langes Schweigen.

»Und was machst du jetzt?«

»Was soll ich denn deiner Meinung nach machen?«, fragte ich zwischen Hoffnung und Verzweiflung.

»Weiß nicht«, sagte er leise.

»Ich auch nicht.«

Ich begann zu weinen.

»Ich komme vorbei, aber das kann etwas dauern. Ich … Ich versuche, so schnell wie möglich da zu sein.«

Ich wartete. Eine Stunde, zwei Stunden. Bis zum frühen Morgen. Er ließ sich nicht blicken. Ich verkroch mich im Bett und brüllte meinen Schmerz in das Kopfkissen, das meinen Schrei kaum ersticken konnte. Immer wieder. Bis mir die Stimme versagte. Bis etwas in mir zerbrach.

Unterricht

Am Ende der Stunde ließ Julie sich viel Zeit. Sie sammelte ihre Notizen ein und stellte ihren Ordner ins Regal, bis wir allein waren.

»Yammie, ich muss dir was sagen.«

»Okay … Ist irgendwas Schlimmes passiert?«

Damit niemand unser Gespräch mitanhörte, stand ich auf, schloss die Tür und setzte mich dann wieder an mein Pult. Julie war sichtlich nervös.

»Nicht mehr lang, dann werden es eh alle wissen, und du hörst es sicher bald von den anderen. Aber ich wollte es dir persönlich sagen.«

Sie lächelte.

»Ich bin schwanger.«

Unwillkürlich schossen mir Tränen in die Augen. Als hätte mir jemand in den Magen geboxt.

»Oh, Madame. So traurig ist das doch gar nicht.«

Sie wirkte selbst ziemlich aufgewühlt. Sie wischte sich mit dem Ärmel eine Träne von der Wange. Aber sie lächelte weiter.

»Du hast Recht. Ich bin auch gar nicht traurig. Nur gerührt.«

Ich riss mich zusammen. Räusperte mich und fragte: »Und seit wann weißt du es?«

»Seit wir von der Klassenfahrt zurück sind. Erinnerst du dich? In Dolliver hab ich die ganze Zeit darauf gewartet, dass ich meine Tage krieg. Ich hab sogar Binden getragen, für den Fall der Fälle …«

Sie begann zu lachen.

»Jetzt weiß ich natürlich, wie albern das war!«

Ich erinnerte mich dunkel daran, dass sie eines Abends in der Mädchenhütte davon gesprochen hatte, aber niemand war darauf eingegangen, weil die Monatsblutung ja gerne mal ein paar Tage zu spät kam. Jetzt musste ich auch lachen.

»Also freust du dich?«

»Ja. Ich glaub schon. Mein Freund ist total glücklich. Nächstes Jahr ist er mit seiner Ausbildung zum Zimmermann fertig. Und ich kann immer noch aufs Cégep, um eine Ausbildung oder Abitur zu machen. Ich mach einfach ein Jahr Pause. Nur mein Vater ist nicht so begeistert. Er will mich immer beschützen. Aber der kriegt sich schon wieder ein. Alles wird gut.«

»Ja, bestimmt. Ich freue mich für euch beide. Tut mir leid, dass ich weine. Ich habe einfach nicht mit so was gerechnet. Aber ich finde dich mutig und bin sehr stolz auf dich. Zum Glück machst du dieses Jahr deinen Abschluss.«

Während unseres Gesprächs sah ich ihr in die Augen, ohne den Blick abzuwenden. Sie war sechs Jahre jünger als ich und hatte, wenn sie tatsächlich einen Bachelor in Krankenpflege machen wollte, wie sie mir einmal erzählt hatte, noch mehrere Jahre Schule und Studium vor sich. Sie würde bald zum ersten Mal wählen dürfen, und plötzlich musste sie sich damit auseinandersetzen, wie man ein Kind erzieht. Doch das Mädchen, das da vor mir stand, war schon lange kein Kind mehr. Bei allem, was sie vorhatte, würde sie schnell erwachsen werden. Sie war nicht die Erste in dieser Situation. Wie viele junge Frauen vor ihr würde sie es schaffen, Arzttermine und Abschlussklausuren im Juni unter einen Hut zu kriegen. Ich wusste, dass sie die innere Stärke hatte. Und ohne dass sie es ahnte, übertrug sie etwas davon auf mich.

An dem Abend rief ich Emma an, eine Jugendfreundin. Ich erzählte ihr alles. Meine Ängste, meine Zweifel, die Scham, die Hilflosigkeit, die Fluchtgedanken, die nächtlichen

Wutanfälle. Meine Sprachlosigkeit, meine Einsamkeit, Stanley, seine Gitarre, seine Küsse, seine Abfuhr. Bis zur letzten Träne.

Die Entscheidung

Je länger ich über meinen Zustand nachdachte, desto tiefer versank ich in sinnlosen Grübeleien. Irgendwann musste ich der Realität ins Gesicht sehen. Ein Lebewesen, nicht größer als ein Apfelkern, wuchs in meinem Bauch heran.

Ich hätte gern die Wahl gehabt. Wie die meisten Frauen meiner Generation. Hätte mir überlegt, was dafür und dagegen sprach. Hätte Pro- und Contra-Listen geschrieben. Hätte die Listen studiert. Und dann eine Entscheidung getroffen. Aber da gab es dieses Versprechen. Naiv. Persönlich. Ein Eid, den ich mit fünfzehn abgelegt hatte. Vor dem Schöpfer. Ein laut ausgesprochener Eid. Unser Ethik-Lehrer hatte uns damals gesagt, wir sollten uns überlegen, welche Zukunftsentscheidungen wir jetzt schon treffen wollten. Denn wenn wir uns erst einmal in einer Krise befänden, wären wir überfordert und könnten nicht mehr klar denken. Kurz darauf hatte ich geschworen, niemals abzutreiben. Es war ein Schwur aus der Vergangenheit, der nichts mit meinem jetzigen Leben zu tun hatte, meinem Beruf, meinen Ängsten, meiner Einsamkeit. Es war ein Schwur, den ich als Jugendliche beim Abendgebet vor mich hingemurmelt hatte. Ein Schwur, der wehtat. Der mich einengte. Ich sah keinen Ausweg, kein Licht am Horizont. Mein Körper war Zeuge. Meine Tränen waren der Beweis. Ich würde meinen Schwur nicht brechen.

Theater

Einen Monat vor der Aufführung teilte Olivier mir mit, dass er nach Schefferville ziehen würde. Er spielte die Rolle des Don Sancho, Chimenes Verehrer, und er machte seine Sache richtig gut. Ich stellte ihm tausend Fragen, bis ich ihm aus der Nase ziehen konnte, dass er und seine Mutter nicht mehr miteinander klarkamen. Sie hatte ihn quasi vor die Tür gesetzt und er musste zu seinem Vater ziehen. Es tat ihm schrecklich leid, die Truppe im Stich zu lassen, das sagte er immer wieder. Im ersten Moment war ich enttäuscht, dass wir einen so guten Schauspieler verloren. Dann traurig, als ich merkte, wie zerrissen er war. Vor nicht allzu langer Zeit hatte ich eine ähnliche Entscheidung getroffen. Die Entscheidung, mein altes Leben hinter mir zu lassen. In seinem Blick las ich Gefühle, die mir vertraut waren. Es war der Blick eines kleinen Jungen. Ich wünschte ihm viel Glück und umarmte ihn.

*

Bis zur Aufführung waren es nur noch wenige Wochen, und so war ich trotzdem frustriert. Aber nicht lange. Am späten Nachmittag tauchte meine Rettung am Ende des Flurs auf.

»Rodrigo!«

»Ja?«

»Rodrigo, wie schön! Du musst mir einen Gefallen tun. Nein, du musst der Theatertruppe einen Gefallen tun!«

»Was denn?«

Neugierig kam er näher.

»Hast du schon gehört, dass Olivier nach Schefferville zieht?«

»Nein. Wann?«

»Schon sehr bald, glaub ich. Du musst die Rolle des Don Sancho übernehmen.«

»Was?«, sagte er und wich ein Stück zurück. »Das geht nicht. Ich kann den Text doch gar nicht.«

»Du hast ihn tausendmal gelesen. Ich bin sicher, dass du ihn im Rekordtempo auswendig lernen kannst.«

»Aber wer wird dann Souffleur, Madame?«

»Das hab ich mir noch nicht überlegt. Wir finden schon jemanden. Bitte sag, dass du die Rolle willst.«

»Natürlich, Madame.«

Er strahlte mich an.

»Natürlich will ich die Rolle.«

*

Oliviers Weggang hatte erstaunliche Folgen. Sehr schnell zeigte sich Rodrigos Talent. Er spielte so gut, so eindringlich, so überzeugend, dass seine Anwesenheit auf der Bühne den anderen Schauspielern Sicherheit gab.

Klausuren

Die Abschlussklausuren der elften Klasse waren für Mitte Mai angesetzt. Das Thema war Meinungsfreiheit. Das dazugehörige Arbeitsbuch enthielt Texte, in denen es um Menschenrechte ging, um Diktaturen am Beispiel verschiedener Länder, um Hasspropaganda und um grundlegende Definitionen von Freiheit. Konnten Jugendliche, die sich mitten in einer Phase individueller Entfaltung befanden, überhaupt gegen Meinungsfreiheit sein? Ich glaubte es nicht. Trotzdem machte ich sie auf die Grenzen der Meinungsfreiheit und den Zusammenhang mit demokratischen Prozessen aufmerksam. Gemeinsam dachten wir über den Aufbau unserer Gesellschaft nach.

Man kann sich die Demokratie als einen Stuhlkreis vorstellen. Aber das heißt noch lange nicht, dass alle gleich sind. Die Frage ist, wer in dem Kreis Platz nehmen darf. Wenn alle, Frauen und Männer, Arme und Reiche, Rechte und Linke, Innu und weiße Québecer einen gleichberechtigten Platz in dem Kreis haben, können wir von einer gelungenen Demokratie sprechen. Ist das eurer Meinung nach in Kanada der Fall? In Québec? In Uashat, in Maliotenam?

Einige Schüler starrten zur Decke, andere sahen zum Fenster hinaus oder blickten mich an. Das hieß, dass sie nachdachten. Nach einer Weile hob ein Schüler die Hand.

»Patrick?«

»Ich glaube, eine echte Demokratie ist gar nicht möglich.«

»Warum?«

»Man muss sich nur mal das Verhältnis von Innu und Weißen angucken. Sie werden nie gleich sein.«

»Ich verstehe, was du meinst, aber kannst du ein konkretes Beispiel nennen?«

»Wenn mein Vater der Meinung ist, die Natur muss geschützt werden, und dann kommt Hydro Québec und baut einen Staudamm und holzt Wälder ab, um Strommasten aufzustellen. Ist doch klar, dass mein Vater nicht gegen die ankommt. Nicht alle Stimmen haben dasselbe Gewicht.«

Wir kamen ein bisschen vom Thema ab. Ich bemühte mich, das Gespräch wieder auf die eigentliche Frage zu lenken, ohne die Diskussion abzuwürgen. Schließlich war Patrick so mutig gewesen, vor der ganzen Klasse das Wort zu ergreifen.

»Für dich bedeutet Meinungsfreiheit also, dass in einer Gesellschaft alle Stimmen dasselbe Gewicht haben sollten?«

»Na, wenn wir wirklich in einem freien, gerechten Land leben, sollten die Leute die Ansichten meines Vaters respektieren, wenn es um sein Jagdgebiet geht. Auch wenn die Regierung oder sonst wer dann weniger Geld verdient.«

»Da hast du Recht. Danke für deinen Beitrag, Patrick.«

Ich ließ meinen Blick durch die Klasse schweifen.

»Sonst noch wer?«

»Ich finde, dass es auch hier in Uashat Ungerechtigkeiten gibt, unter Innu«, sagte Maya.

»Was meinst du damit?«

»Na, wenn man sich ansieht, wem die Reservatsverwaltung Häuser gibt, merkt man sofort, dass Leute bevorzugt werden, die bei den letzten Wahlen für sie gestimmt haben.«

»Das ist eine Meinung. Kannst du das bitte noch etwas ausführen?«

»Meine Cousine wartet zum Beispiel seit Jahren auf ein Haus im Reservat. Bis dahin muss sie eine viel zu teure Wohnung in der Stadt mieten. Dabei hat sie vier Kinder.«

»Verstehe.«

»Und dann gibt es andere, die stellen einen Antrag und zack, haben sie ein Haus. Das versteht doch kein Mensch.«

In der Klasse erhob sich Gemurmel. Unzufriedenheit, Zustimmung. Ich spürte, dass wir vermintes Gelände betraten. Die Lokalpolitik durchdrang bei uns alle Aspekte des Lebens. Es war besser, das Thema auf sich beruhen zu lassen.

»Wenn ich euch also richtig verstehe, gibt es in allen Gesellschaften Ungerechtigkeiten, sei es hier im Kleinen in Uashat oder in der großen Politik in Québec. Ich finde eure Gedanken dazu sehr interessant. In einem nächsten Schritt müsst ihr Argumente finden, um euer Gegenüber zu überzeugen. Argumente und Beispiele.«

Den Rest der Stunde lasen die Schüler die Texte aus dem Arbeitsbuch. Sie unterstrichen wichtige Passagen, machten sich Notizen und kringelten Begriffe ein, die ihnen zentral erschienen. Meine Abschlussklasse bestand aus neunzehn Schülerinnen und Schülern. Sie alle würden ihr Bestes geben, um die Klausur zu bestehen. Davon war ich überzeugt.

Aufführung

Von meinem Platz hinter dem Vorhang hörte ich das Publikum tuscheln und Kinder schreien. Wir hatten die Aufführung auf einen Freitag gelegt, zwischen die Klausuren und den Abschlussball. Die Mitglieder der Theatertruppe hatten Eintrittskarten für zehn Dollar an Freunde und Verwandte verkauft. Insgesamt zweihundertfünfzig. Das hatte mich überrascht. Es war die allererste Theateraufführung an unserer Schule, und sie war komplett ausverkauft. Sie fand in der Turnhalle statt, die wir zu einem Theatersaal umfunktioniert hatten. Mit gedämpften Licht, einer erhöhten Bühne, schwarzen Vorhängen. Die Schauspieler waren bereits geschminkt und in ihren Kostümen. Sie hielten mit todernsten Mienen ihren Text in der Hand.

»Yammie«, flüsterte Patrick mir zu, der ganz in Schwarz gekleidet war und sein Basecap falsch herum aufgesetzt hatte, »kannst du mal schnell mitkommen, ein Teil der Kulisse ist umgekippt.«

»Oh, nein!«

Ich folgte ihm hinter die Bühne. Eines der Bühnenelemente, auf das wir graue Steinblöcke gemalt hatten, um die Mauer des Königspalasts darzustellen, wollte nicht stehen bleiben.

»Was machen wir jetzt, Mama? Äh, Entschuldigung, Madame?«

»Verdammt! Wir müssen auf die Kulisse verzichten. Aber dann sieht die Bühne nicht mehr aus wie der Hof des Königspalasts.«

»Ich kann mich dahinter stellen und sie festhalten«, warf Marcel ein, der das Bühnenbild entworfen hatte.

»Die ganze Aufführung lang?«

»Was sonst?«

»Gut. So machen wir es.«

Marcel wollte, dass alles perfekt war. Ich lief zurück zu den Schauspielern, die in einem Nebenraum der Turnhalle warteten, unserer improvisierten Garderobe. Überall Kleiderhaufen, Spiegel, herumliegende Schuhe. Kreatives Chaos.

»Gleich geht es los. Bevor ihr die Bühne betreten, möchte ich euch noch etwas sagen. Der Saal ist bis auf den letzten Platz besetzt. Die Leute sind extra gekommen, um euch zu sehen. Also gebt euer Bestes. Gebt alles! Es ist nicht schlimm, wenn ihr euch mal versprecht. Ihr müsst keine Angst haben, dass die Leute lachen.«

»Also echt, Madame«, fiel mir Mikuan ins Wort. »Das hört sich ja an, als wären wir voll schlecht.«

»Natürlich nicht, Mikuan. So hab ich das nicht gemeint. Ich bin sehr stolz auf euch.«

Ich sah sie nacheinander an, jeden einzelnen. Bemühte mich, Zuversicht auszustrahlen. Ich spürte, wie sie in meinem Blick nach Halt suchten. Und obwohl meine Stimme ein bisschen zitterte, sagte ich bestimmt: »Dann wollen wir mal!«, und bugsierte die Schüler mit beiden Armen in die Turnhalle.

*

Ich stand seitlich von der Bühne hinter dem Vorhang und sah mir das Stück an. Halb gerührt, halb ängstlich. Das Publikum lachte laut, als Caro, die für Rodrigo als Souffleuse eingesprungen war, einen Vers durch den ganzen Saal trompetete. Beim nächsten Mal passte sie die Lautstärke an. Ich beobachtete staunend, wie meine Schüler voller Selbstvertrauen den Text sprachen, den sie über Monate hinweg auswendig gelernt hatten. Wie sie Gesten und Bewegungen ausführten, die sie sich selbst ausgedacht hatten, Jahrhunderte, nachdem das

Stück geschrieben worden war, Tausende von Kilometern vom Ort der Erstaufführung entfernt. Welche Bedeutung hatten diese Verse, die von ein paar jungen Innu rezitiert wurden, die sich als Spanier verkleidet hatten? Die alte Tragödie ähnelte unserer heutigen. Eine enttäuschte Liebe. Mit einem Mal wurde mir bewusst, was ich meinen Schülern vor ein paar Monaten aufgebürdet hatte.

Mikuan, im Kostüm der Gouvernante, ging zum Bühnenrand, um Chimene zu trösten. In dem kurzen Dialog ging es um mütterliche Liebe. Sie war großartig.

Mikuan, meine Freundin. Danke, dass du für mich da warst, als ich in den ersten Monaten so große Zweifel hatte. Du warst die Erste, der ich mich anvertrauen konnte. Du hast mir an diesem Ort, der mir so abweisend vorkam, deine Freundschaft geschenkt. Wir wissen alle beide, dass du dieses Jahr den Abschluss nicht schaffst, trotz deiner Anstrengungen, trotz der Courage, mit der du Muttersein und Schule vereinbarst. Ich möchte dir eins mit auf den Weg geben: So ist das manchmal im Leben. Man muss kämpfen, und wenn man scheitert, muss man noch härter kämpfen. Du willst Ärztin werden. Das ist zum jetzigen Zeitpunkt fast undenkbar. Aber Mauern sind dazu da, eingerissen zu werden. Ich weiß, dass du das weißt.

Während Marcs Monolog herrschte andächtige Stille. Das Publikum hielt den Atem an. Ein magischer Moment. Mein Herz platzte fast vor Liebe.

Mein lieber Marc. Du hast deine Mutter verloren, und obwohl ich nicht alles verstehe, weiß ich, wie sehr du darunter leidest. Ich weiß aber auch, dass du den Schmerz überwinden wirst. Dass du Großes erreichen wirst. Es tut mir leid, dass ich dich nicht in den Arm genommen habe, als du es gebraucht hast. Glaub mir, das lag nicht daran, dass ich nicht gewollt hätte. Aber ich hatte Angst. Angst vor dem Schmerz. Verstehst du? Ich hielt mich für stark. Dabei war ich schwach. Ihr habt mir beigebracht, nicht klein beizugeben. Du warst mir mit deiner Tapferkeit ein Vorbild. Die anderen auch. Geh hinaus in die Welt, Marc. Geh so weit weg, wie du willst. Aber komm uns manchmal besuchen.

Myriam vergaß einen Teil ihres Textes, obwohl Caro ihn ihr hektisch zuflüsterte. Doch da hatte Don Diego bereits die Bühne betreten und begann seinen Monolog.

Myriam, du warst heute Abend wunderbar. Und an allen anderen Tagen auch. Ich kann nur ahnen, was du seit dem Tod deiner Schwester durchgemacht hast. Ich habe dich gesehen. Du hast dich bemüht, den Kopf nicht hängen zu lassen. Deine Leidenschaft, dein Lebensmut. Ich bin überzeugt, dass jemand, der eine solche Krise überstanden hat, durch nichts mehr aufzuhalten ist. Es macht mich froh, dich heute Abend die Chimene spielen zu sehen. Dein vor Glück gerötetes Gesicht. Du könntest Schauspielerin werden, im Fernsehen auftreten. Die ganze Welt würde dir applaudieren. Ich weiß nicht, was du für Pläne hast. Aber ich hoffe von Herzen, dass du sie verwirklichst. Für dich selbst, für deinen Sohn. Und für deine Schwester. Weil es nichts Schöneres gibt, als einen Menschen, der sich für das Leben entschieden hat.

Mein Blick fiel auf Mélina, die in der zweiten Reihe saß. Ganz vorne auf der Stuhlkante. Völlig gebannt.

Ich freue mich sehr, dass du gekommen bist, Mélina. So zart. So hübsch. Und du weißt es nicht einmal. Du hast keine Ahnung, wie viel Talent in dir steckt. Du stößt alle weg, die an dich glauben. Ein verletzter Vogel. Du bist zum Schreiben geboren. Das habe ich dir schon mehrmals gesagt. Und bei unserer nächsten Begegnung werde ich es dir noch einmal sagen. Vielleicht glaubst du es ja irgendwann. Und wenn es so weit ist, werde ich jedes Wort, das du schreibst, voller Begeisterung lesen, so wie beim ersten Mal. Und ich werde stolz sein, dass ich deine Lehrerin gewesen bin. Die Welt wartet auf dich. Lass sie nicht allzu lang warten.

Rodrigo spielte noch leidenschaftlicher als bei den Proben. Das Publikum lag ihm zu Füßen. Sobald er den Mund aufmachte, waren all meine Befürchtungen wie weggeblasen. Als ich ihn auf der Bühne sah, wusste ich, wie wichtig das hier war.

Mein lieber Rodrigo. Mein Rebell. Wer hätte gedacht, dass alles so ausgehen würde. Wenn man dich heute sieht, glaubt man es nicht. Du wirkst nicht wie jemand, der andere grundlos beschimpft. Ich bilde mir ein, dass ich etwas dazu beigetragen habe. Du bist dabei, dich zu einem neuen Menschen zu entwickeln. Du arbeitest hart und übernimmst Verantwortung. Ich bin unglaublich stolz auf dich. Vielleicht heißt unsere Schule deswegen Manikanetish. Vielleicht wollte uns die kleine Margerite diese Botschaft mit auf den Weg geben. Sie ist ein Vorbild für jeden Lehrer. Sie hat uns gezeigt, worum es bei diesem Beruf geht. Fremde Kinder großziehen. Sie lieben, sie in den Arm nehmen. Ihnen den Rücken stärken, damit sie erwachsen werden. Es hat eine Weile gedauert, bis ich das begriffen habe, Rodrigo. Jetzt weiß ich es. Auch ich musste erst noch einige Hindernisse überwinden.

*

Die Schlussszene eroberte die Herzen der Zuschauer im Sturm. Sobald der Vorhang fiel, sprangen sie jubelnd von ihren Plätzen aus. Applaudierten. Ich brachte kaum ein Wort heraus. Gerührt, glücklich. Wir mussten dreimal zurück auf die Bühne und uns verbeugen. Alle strahlten über das ganze Gesicht. Die Lichter gingen an. Wir waren restlos glücklich.

Die letzte Unterrichtsstunde

»Madame, stimmt es, dass du nach den Sommerferien nicht wiederkommst?«

Ich hatte noch keine Entscheidung getroffen. Ich wusste gar nichts. Nein. Eins wusste ich. Dass ich in wenigen Monaten Mutter werden würde. Eines kleinen Babys. Dass sich mein Leben für immer verändern würde. Sollte ich im September an die Schule zurückkehren, dann mitten im Schuljahr in Mutterschutz gehen und meine Schüler allein lassen? Sollte ich nach Québec-Stadt zurückgehen und Literatur studieren? Sollte ich mir ein Jahr Auszeit nehmen und in meiner Wohnung in Sept-Îles auf die Geburt meines Kindes warten?

»Ehrlich gesagt, weiß ich es noch nicht, Rodrigo.«

»Waren wir so schrecklich?«

»Nein, im Gegenteil, ich habe euch richtig ins Herz geschlossen. Ich weiß nur noch nicht genau, was ich nach dem Sommer machen will.«

»Du musst an unserer Schule bleiben. Wir wollen weiter Theater spielen! Es wäre nur schön, wenn das nächste Stück nicht ganz so alt wäre.«

»Verstehe. Das merke ich mir … Rodrigo?«

»Ja?«

»War es trotzdem gut, den Cid aufzuführen?«

»Ja, Madame.«

Er zuckte mit den Achseln, so wie immer, wenn er nicht weiterwusste.

»Es war vor allem gut, dich als Lehrerin zu haben.«

Er wandte sich ab und ging davon. Ich sah ihm nach und

dachte, dass das Kind, das ich zur Welt bringen und lieben würde, gern ein Junge sein konnte.

Nachwort

Die Innu, nicht zu verwechseln mit den weiter nördlich lebenden Inuit, sind eine der indigenen Nationen, die lange vor der Ankunft der Europäer auf dem nordamerikanischen Kontinent lebten. In Québec gibt es elf indigene Nationen: die Abenaki, die Algonkin, die Atikamekw, die Cree, die Huron-Wendat (auch Wyandot), die Innu (früher Montagnais), die Maliseet, die Mi'kmaq, die Mohawk, die Naskapi und die Inuit.

Bis Ende der 1950er-Jahre zogen die Innu halbnomadisch als Jäger und Sammler durch ein riesiges Territorium am Nordufer des Sankt-Lorenz-Stroms, das *Nitassinan*. Heute wohnen ca. 18.000 Innu in elf Reservaten in den Provinzen Québec und Labrador, viele aber auch in den größeren Städten. Traditionell lebten die Innu in Zelten und ernährten sich von der Fischerei und der Jagd.

Jahrhunderte des kolonialen Imperialismus haben ihre Spuren hinterlassen: Viele Innu-Siedlungen kämpfen mit Rassismus und sozialen Problemen. Der *Rapport Viens*, ein von der Provinzregierung in Auftrag gegebener Bericht, kommt 2019 zu dem Schluss, dass die indigene Bevölkerung Québecs nach wie vor einer systematischen staatlichen Diskriminierung ausgesetzt ist. Eine von der kanadischen Bundesregierung eingesetzte Untersuchungskommission spricht sogar von Genozid. Durch die Christianisierung, die Zwangsansiedlung in Reservaten und die gezielte Auslöschung von Sprache und Kultur wurde die Weitergabe von Traditionen und Wissen gestört. Über Jahrzehnte wurden Kinder ihren Familien entrissen und in katholischen oder staatlichen Internatsschulen untergebracht, wo viele Opfer körperlicher Gewalt und sexuellen Missbrauchs wurden und es ihnen unter Androhung harter Strafen verboten war, ihre Sprache zu sprechen. Gerade die Zerstörung der Familien hat zu Verwerfungen geführt, da der Familie in der Innu-Kultur eine große Bedeutung zukommt.

Das Innu-Aimun gehört zu den Cree-Sprachen und ist die am zweithäufigsten gesprochene indigene Sprache in Québec. In der Generation von Naomi Fontaine war sie neben dem Französischen noch allgemein verbreitete Muttersprache, heute ist sie trotz zahlreicher Bemühungen, die Sprache zu erhalten, vom Verschwinden bedroht.

In der Kultur der Innu haben Literatur (in mündlicher Überlieferung) und Musik schon immer eine zentrale Rolle gespielt. Heute gibt es jeden Sommer in Maliotenam ein überregionales Festival für indigene Musik und Kultur, das Innu-Nikamu-Festival.

Naomi Fontaine, die Autorin dieses Romans, ist selbst eine Innu aus der kanadischen Provinz Québec. Sie wurde 1987 in Uashat geboren, einem Reservat bei Sept-Îles, und wuchs acht Autostunden von ihrem Geburtsort entfernt in Québec-Stadt auf. Dort studierte sie Lehramt an der Universität Laval, um anschließend für drei Jahre nach Uashat zurückzukehren und als Französischlehrerin an der örtlichen weiterführenden Schule zu arbeiten. Heute lebt sie wieder in Québec-Stadt und widmet sich ganz dem Schreiben.

Seit einigen Jahren gehört Naomi Fontaine zu den bekanntesten und erfolgreichsten Schriftstellerinnen Québecs. Damit tritt sie in die Fußstapfen von Innu-Autorinnen wie An Antane-Kapesh (1926–2004), die bereits in den Siebzigerjahren zu Berühmtheit gelangte, und Joséphine Bacon, einer anerkannten Dichterin und Filmemacherin.

Zu Beginn ihres Studiums belegte Naomi Fontaine einen Kurs für kreatives Schreiben, woraufhin ihr Dozent ihr außergewöhnliches Talent erkannte und sie zu einer Karriere als Schriftstellerin ermutigte. 2013 veröffentlichte sie ihren Debütroman *Kuessipan*, der sowohl von der Literaturkritik als auch vom Lesepublikum mit Begeisterung aufgenommen wurde und für mehrere Preise nominiert war. 2019 wurde das Buch verfilmt, Naomi Fontaine wirkte am Drehbuch mit. *Die kleine Schule der großen Hoffnung* erschien 2017 in Kanada, wurde von der Kritik hymnisch besprochen und stand 2018 auf der Shortlist des renommiertesten kanadischen Literaturpreises, des Govener General's Award. Der Roman wird derzeit von Radio-Canada als TV-Serie verfilmt. Ihr jüngstes Buch *Shuni* kam im Herbst 2019 in die Buchhandlungen, wurde für mehrere Literaturpreise nominiert und mit dem *Prix des collégiens 2020* ausgezeichnet.

Sonja Finck, Übersetzerin, März 2021

Michael Christie
Das Flüstern der Bäume

Roman

Eine Familie, vier Generationen, schicksalhaft verbunden mit den Wäldern Kanadas – und unserer Zukunft

Jacinda Greenwood weiß nichts über ihre väterliche Familie, deren Namen sie trägt. Sie arbeitet als Naturführerin auf Greenwood Island, doch die Namensgleichheit, so glaubt sie, ist reiner Zufall. Bis eines Tages ihr Ex-Verlobter vor ihr steht. Im Gepäck hat er das Tagebuch ihrer Großmutter. Jahresring für Jahresring enthüllt sich für Jacinda endlich ihre Familiengeschichte. Seit Generationen verbindet alle Greenwoods eines: der Wald. Er bietet Auskommen, ist Zuflucht und Grund für Verbrechen und Wunder, Unfälle und Entscheidungen, Opfer und Fehler. Die Folgen all dessen bestimmen nicht nur Jacindas Schicksal, sondern auch die Zukunft unserer Wälder …

»Der Roman hat alles, was ein Bestseller braucht!«

dpa

OFORIATTA AYIM

Oforiatta Ayim
Wir Gotteskinder
Roman

»Poetisch, fesselnd, faszinierend – In einer Enzyklopädie der Weltliteratur der Gegenwart gebührt diesem Roman ein Ehrenplatz.« *rbb*

Maya Mensah ist in Deutschland täglich Vorurteilen ausgesetzt. Die Schulkameraden verspotten sie, wenn sie erzählt, dass sie die Enkelin eines ghanaischen Königs ist. Als eines Tages ihr Cousin Kojo bei ihnen einzieht, ist das für Maya ein großes Glück. Was er von Ghana und ihrer einst glanzvollen Familie berichtet, öffnet Mayas Blick: für das Land, das seine Seele nach der Kolonialzeit erst wiederfinden muss, für ihre entwurzelten Eltern und für ihre eigene Aufgabe als Vermittlerin zwischen den Welten.

Kann die Fremde zur Heimat werden?
Die Fortsetzung des weltweiten Bestsellers
»Im Meer schwimmen Krokodile«

ISBN
978-3-570-10443-9

Als der Afghane Enaiatollah Akbari nach jahrelanger Flucht alleine Europa erreichte, war er fünfzehn Jahre alt. Aus eigener Kraft musste er sich eine neue Existenz aufbauen. Dann lernte er den Schriftsteller Fabio Geda kennen, und sein Leben nahm eine Wendung. Zusammen erzählen die beiden, wie es Enaiatollah trotz vieler Hürden gelang, den Schulabschluss zu machen und Politikwissenschaft zu studieren. Wie ihm die fremde Kultur immer vertrauter wurde, er Freundschaften schloss und sich trotzdem täglich nach seiner Mutter und der Familie in Afghanistan sehnte. Eines Tages werden Heimweh und Sorge so groß, dass er aufbricht, um nach Jahren seine Familie endlich wiederzusehen ...

C. Bertelsmann